GOLDMANN

Buch

Wie ist das, wenn einen großen alten Mann, der ein erfülltes Leben überblickt und seinen letzten Jahren gefaßt entgegensieht – wie ist das, wenn diesen Mann wie der Blitz aus heiterem Himmel die Liebe zu einem jungen Mädchen überfällt, leidenschaftlich, voll Hoffnung, ungestüm, unsinnig? Wenn er plötzlich sein Alter nicht mehr wahrhaben, sondern zurück will in den Frühling, die Wärme, die Jugend?

Der Mann ist der dreiundsiebzigjährige Goethe und das junge Mädchen die neunzehnjährige Baronesse Ulrike von Levetzow. Wir haben für Goethes Leben so viele Zeugnisse wie für kaum einen anderen Mann der Weltgeschichte; er hat auch seinen Marienbader Aufenthalt im Sommer 1823 fast Stunde für Stunde in seinen Tagebüchern festgehalten. Aber seltsam, nirgends ein Wort über seine Liebe zu Ulrike. Er vermeidet geradezu ängstlich, das Geheimnis preiszugeben und den Aufruhr seines Herzens zu verraten.

Goethe gab dennoch, wenn auch verhüllt, in den wunderbaren Strophen der »Marienbader Elegie« dem Glück und dem Leid seiner letzten Liebe unvergänglichen Ausdruck. Dieses Gedicht, das die tiefsten Dinge im Menschenleben berührt, ist Grundlage und Ausgangspunkt von Joachim Fernaus einfühlsamer Nacherzählung der Ereignisse.

Autor

Joachim Fernau wurde am 11. September 1909 in Bromberg geboren, ging in Hirschberg (Riesengebirge) zur Schule und studierte nach dem Abitur in Berlin. Hier schrieb er als Journalist für Ullstein, bis er 1939 zur Wehrmacht eingezogen wurde. Seit 1952 lebt er als freier Schriftsteller in München und in der Toscana.

Fernau, der temperamentvolle Konservative, hat über zwanzig Bücher geschrieben – die meisten haben über 200000, manche über eine Million Auflage. Es sind vor allem seine Werke zur Geschichte und Zeitgeschichte, die stets heftiges Für und Wider auslösen und für ebenso viel Jubel bei den Lesern wie für Ärgernis bei den Kritikern sorgen.

Eine Übersicht über die außerdem als Goldmann-Taschenbücher erschienenen Werke Joachim Fernaus finden Sie am Schluß dieses Bandes.

Joachim Fernau

War es schön in Marienbad

Goethes letzte Liebe

GOLDMANN VERLAG

Ungekürzte Ausgabe

1. Auflage Juni 1984 · 1.–15. Tsd.
2. Auflage Oktober 1984 · 16.–25. Tsd.

Made in Germany

Umschlagentwurf: Design Team, München
Satz: Filmsatz Schröter GmbH, München
Druck: Presse-Druck Augsburg
Verlagsnummer: 6703
MV · Herstellung: Sebastian Strohmaier
ISBN 3-442-06703-0

Du lieber Gott, was für ein
armes, gutes Tier der Mensch ist.

GOETHE

I

Am Montag kam Sekretär John mit den beiden Reisekoffern an, am Mittwoch traf er selbst ein. Exzellenz hier, Exzellenz da, Herr Geheimrat hin, Herr Geheimrat her, der ganze Gasthof war in Aufregung.

Frau Sibylle Döltsch, Besitzerin des erstklassig renommierten Hauses »Zur Goldenen Traube«, geleitete den Gast persönlich in seine Zimmer. Wie sie so distinguiert steif die Treppe erstieg, konnte man glauben, sie und nicht der etwas korpulente Herr hinter ihr sei die Exzellenz. Ein Zimmermädchen trippelte hinterdrein, nach ihr stieg John die Stufen hoch.

Es waren die Zimmer Nummer acht, neun, zehn und fünfzehn. Sie waren frisch tapeziert. Ein Streifenmuster, wie es jetzt modern war, von Ranken durchbrochen, machte einen heiteren Eindruck. Dazu die duftigen weißen Tüllgardinen und die zwei Blumensträuße brachten den Sommer ins Haus.

»Dieses Bukett«, ließ sich Frau Döltsch vernehmen, »gestattet sich das Haus Ihnen darzubringen.«

»Danke«, murmelte der Geheimrat.

»Und jenes dort ist von der Frau Baronin von Levetzow. Ein Feldblumenstrauß halt.«

»Ich sehe.«

»Was der Juli hergibt. Gewiß haben ihn die reizenden Baronessen gepflückt.«

»Wahrscheinlich. Habe ich heißes Wasser?«

Frau Döltsch wandte sich an das Zimmermädchen: »Ich hoffe doch sehr?«

»Natürlich«, antwortete die Kleine.

»Man sagt nicht ›natürlich‹«, belehrte Frau Döltsch streng, »natürlich ist nie etwas. Es als natürlich vorauszusetzen, ist eine Kränkung des Fragenden. Hast du das verstanden?« Sie blickte dabei beifallheischend den Geheimrat an. »Natürlich, Frau Direktor«, antwortete das Mädchen und knickste.

Frau Döltsch, die sich vom Personal gern Direktor nennen ließ, machte eine Geste der Resignation. »Dann vorwärts!«

»Sagen Sie«, begann Seine Exzellenz, »hier hat es doch nicht etwa kürzlich geschneit?«

»Geschneit? Im Juli? Aber nein!« Frau Döltsch zog die stattlichen Augenbrauen hoch, wagte aber weiter kein Zeichen ihres Erstaunens. Sie wartete, was noch kommen würde. Es kam aber zunächst nichts. Und so beschloß sie, sich zurückzuziehen.

»Ich hoffe, es ist alles zum besten, Exzellenz. Auf jenem Tablettchen dort liegen bereits einige Visitenkarten, unter anderem auch des Herrn Bürgermeisters.«

»Danke. Und im Gebirge liegt auch kein Schnee?«

»Nicht ein Fleckchen, Exzellenz.«

»Nun gut. Ich danke Ihnen. Ach ja, noch etwas. Dieses Billettchen lassen Sie doch bitte Frau von Levetzow zustellen. Schicken Sie eines Ihrer Mädchen, mein Diener wird noch mit dem Pferd beschäftigt sein.«

Er setzte sich an den Sekretär und schrieb:

»Marienbad, am 2. Julius 1823.

Teuerste Freundin, ich bin glücklich, wieder in Ihrer Nähe zu sein. Morgen darf ich Sie doch aufsuchen? Ihr Goethe.«

»Erwarten Sie sogleich eine Antwort, Exzellenz?«

»Man wird sehen, meine Beste. Und jetzt möchte ich ein Sitzbad nehmen.«

Das Kärtchen kam postwendend, oder besser gesagt postillonwendend zurück. Auf der Rückseite stand in zierlicher Frauenhandschrift: »Nicht morgen, heute! Eilen Sie!«

Das Bad erweckte seine Lebensgeister, er fühlte sich prächtig. Er trödelte noch ein Weilchen in der Wanne herum, dann kleidete er sich sorgfältig an, wobei er sich mehrmals im Spiegel betrachtete. Schließlich war alles zu seiner Zufriedenheit; er köpfte eine Kornblume und steckte sich die Blüte in das Revers.

Ulrike Levetzow entdeckte ihn schon von weitem und kam ihm entgegengelaufen, ungestüm, daß die Röcke flogen.

Er zog das schöne Mädchen einen Augenblick an sich, wobei er sehr erregt schien; dann nahm er ihren Arm, und sie schritten auf Frau von Levetzow zu. Auf ihrem Gesicht konnte man die helle Freude lesen.

»Ach, lieber Freund«, rief sie lebhaft, »wie war ich unhöflich, Sie gleich herzulocken. Sie haben eine lange, beschwerliche Reise hinter sich und werden müde sein. Die schöne Erinnerung an unsere gemeinsamen Tage im vorigen Jahre hat mich verführt!

Wir haben bei diesem herrlichen Wetter auf der Terrasse decken lassen. Kommen Sie, seien Sie herzlich willkommen! Amélie und Bertha sind mit meinem Vater spazierengegangen; Ulrike muß also ihre Schwestern vertreten.«

»Ich konnte, liebste Freundin, nichts Schöneres hören, als daß Sie mich gleich erwarteten. Ich fühle mich frisch. Aber auch Sie haben eine Reise hinter sich!«

»Wir kommen von unserem Gut, es war also nur ein Katzensprung. Sie nehmen doch Tee?«

»Gerne. Ich freue mich, Sie beide unverändert zu sehen. Und Amélie und Bertha?«

»Wie Sie sagten: unverändert. Amélie ist trotz ihrer siebzehn Jahre immer noch der ungebärdige Wildfang und Bertha, ebenfalls immer noch, die stille Zuhörerin. Nun, mit sechzehn Jahren hat man noch nicht viel zu sagen, nicht wahr?«

»Wie seltsam verschieden Ihre drei reizenden Töchter sind!«

»Wahrhaftig.«

»Fast scheint mir, daß sich alle drei in Ihnen vereinen.«

Frau von Levetzow lächelte. Sie sah Ulrike in diesem Moment sehr ähnlich. Auch Goethe bemerkte es und ließ seinen Blick zwischen beiden wandern.

»Ich danke für den Blumenstrauß«, lenkte er ab. »Blumen sind die Hieroglyphen der Natur, mit denen sie uns andeutet, wie lieb sie uns hat. Sie haben sich erinnert, wie gern ich Feldblumen habe.«

»Ulrike hat sie gepflückt; sie war es, die sich erinnerte. Aber erzählen Sie! Wohnen Sie wieder in den gleichen Zimmern?«

»In den nämlichen. Sie sind groß und luftig, und die stocksteife Döltsch hat sie, vielleicht mir zu Ehren, neu tapezieren lassen, heiter und hell, so daß mich sogleich der sonnigste Sommer empfing.«

»Und wie war die Reise?«

Goethe schwieg eine Weile.

»Und die Reise?« wiederholte Frau von Levetzow besorgt.

»Die Reise«, begann er zögernd, »war recht bequem, aber ich hatte ein Erlebnis, von dem zu sprechen ich mich fast scheue.«

»Lassen Sie uns doch teilnehmen!«

»Sie werden dazu nicht imstande sein. Aber ich will es erzählen. Ich fuhr von Jena, wohin ich meinen Sohn begleitet hatte, bei heiterem Wetter ab, saß sehr behaglich in die Ecke gedrückt, Stadelmann schweigend auf dem Kutscherbock. Ich hatte John vorausgeschickt. Ich fühlte mich gut und war um so überraschter, als mich nach einer Weile fröstelte. Ich hatte die Vorstellung, es sei Winter.«

»Winter?«

Goethe nickte. »Ich lüftete etwas die Gardine, schaute hinaus und fuhr betroffen zurück: Ich sah verschneite Felder! Ich schloß eiligst die Vorhänge, lehnte mich in die Ecke, zog den Plaid fest um mich, denn ich fror, und bedeckte auch meine Augen damit. Von Zeit zu Zeit wagte ich wieder einen Blick aus dem Fenster: das gleiche! Wiesen und Äcker schneebedeckt, verschneite Bauernhäuser, aus deren Kaminen weißer Rauch in den kalten Himmel stieg. Können Sie sich, liebste Freundin, meine Verwirrung vorstellen?«

»Mein Gott, was war denn geschehen?«

»Ich weiß es nicht. Als wir in Pößneck angekommen waren und vor dem Gasthaus hielten, war der Spuk verflogen.«

»Das ist ja unheimlich! Sie haben eine trügerische optische Erinnerung, ein ungewöhnlich heftiges eidetisches Erlebnis gehabt, das einen das Fürchten lehren kann!«

»Ich habe keine Furcht gespürt. Eidetische Erlebnisse, kleinen optischen Trug habe ich für Sekunden und im kleinsten schon oft gehabt. Dieses aber dauerte einen Tag lang an und ließ sich durch nichts berichtigen; ich war nicht imstande, aus der Vorstellung auszusteigen.

Aber, hören Sie weiter: Am folgenden Tage, als die Fahrt weiterging, wiederholte sich das Unglaubliche. Ich fröstelte – wenn auch nicht so stark wie tags zuvor –, warf einen Blick aus dem Wagen und zuckte erneut zusammen. Die Wiesen und Felder waren zum Teil abgetaut, in den Furchen lag aber noch Schnee. Große Schwärme von Krähen kreisten am Himmel. In einem Garten blühte jedoch ein Aprikosenbäumchen.

Nun wiederholte sich alles, wie ich es schon erzählte. Ich wagte kaum noch einen Blick nach draußen und saß, in den Plaid gehüllt, in der Ecke. So schlief ich schließlich ein. Ich muß einen sehr freundlichen Traum gehabt haben, denn ich erwachte in bester Stimmung. Auch als ich wieder durch die Gardinen lugte und das nämliche Bild, die abgetauten Felder sah, war ich in meinem Gemüt tief zufrieden und nicht im geringsten verwirrt. Leider habe ich vergessen, was ich träumte.

Wir gelangten – wieder bei geschlossenen Vorhängen – nach Hof, und ich war abermals aus meinem eidetischen Wahn erlöst.«

»Unglaublich! Einfach unglaublich, lieber Freund. Weiter, weiter!«

»Tags darauf begann die Fahrt wie an einem Frühlingstage. Das Wetter wurde immer sommerlicher, alles blühte und grünte, ich schleuderte den Plaid beiseite und lehnte mich aus dem Fenster. Kein Zweifel mehr, es war Sommer.

So, in erlöster Stimmung, kam ich in Eger an. Und heute sitze ich endlich und lang von mir ersehnt an Ihrer Seite.«

»Was für ein Erlebnis! Hat die Wissenschaft eine Erklärung dafür?«

»Nein. Zwischen Körper und Seele spielen sich Kämpfe ab, von denen die Medizin keine Ahnung hat.«

»Sie sprechen von Seele. Dann muß Ihr Erlebnis doch ganz persönliche Wurzeln haben, ganz – wie nenne ich es – individuelle Antriebe, die in Ihrem tiefsten Innern liegen?«

»Gewiß.«

»Ach, wie ist das geheimnisvoll und erschütternd. Ja, geradezu furchterregend. Was sagst du dazu, Ulrike?«

Das Mädchen sah den Geheimrat eine Weile prüfend an. Dann sagte es:

»Faust. Siehst du das nicht, Maman? Ich fühle es recht deutlich.«

»Wie?« stotterte die Mutter. »Wie meinst du das, Kind?«

»Ich kann es so schlecht ausdrücken. Ich meine: Faust mit vertauschten Seiten.«

Bei dieser dunklen Bemerkung errötete Frau von Levetzow, vielleicht ob ihrer sichtbaren Unwissenheit.

»Wieso?« fragte sie noch einmal.

Aber Goethe nahm dem Mädchen die Antwort ab.

»Ist es möglich«, rief er und war dabei ganz erregt, »ist es möglich, daß du wirklich erst achtzehn Jahre alt bist, mein Töchterchen? Du bist auf den Urgrund gestoßen! Was birgt dieses reizende Köpfchen? Ich bin noch immer nicht dahinter gekommen.«

»Sprechen Sie nicht in Rätseln!« bat Frau von Levetzow.

»Ulrike ist für mich das Rätsel«, sagte Goethe, »obwohl ich sie nun doch schon zwei Jahre heranwachsen sah! Sie meinte, hier habe eine sozusagen seitenverkehrte Faust-Verwandlung stattgefunden. Während Faust in meinem Schauspiel sich bis zum Frühlingshaften verjüngt und um ihn herum die Welt gleich bleibt, bin ich auf dieser Reise derjenige gewesen, der der alte blieb, indes sich die Welt um mich herum schrittweise, je näher ich dem ersehnten Ziel kam, frühlingshaft verjüngte. Am Ende seiner Reise ist Faust jung, aber ohne Hoffnung, in einer grauen Welt unglücklich, ich dagegen, alt und der gleiche geblieben, in einer sommerlichen Welt glücklich.«

»Alt habe ich nicht gemeint«, sagte Ulrike hastig und verlegen.

»Das hätte ich mir auch ausgebeten!« Frau von Levetzow konnte ihre Verwirrung nicht verbergen.

Goethe lächelte.

»Ich bin dreiundsiebzig Jahre alt, liebe Freundin, ich bin ...«

»Sie fühlen sich mit Recht wie ...«

Goethe unterbrach sie:

»Ich kenne diesen Spruch. Jemand fühlt sich mit dreiundsiebzig wie siebenunddreißig, nicht wahr? Ach, liebste Freundin: Selbstbetrug, Selbstbetrug, Selbstbetrug! Sei dreiundsiebzig und fühle dich gesund! Das ist Dankbarkeit gegen die Natur. Und das ist die höchste Forderung.«

»Ein Mann, lieber Freund, hat kein Alter!«

Er lachte vergnügt.

»Das ist eine Herausforderung! Wie wäre es, wenn ich um die Hand Ihrer Tochter anhielte?«

»Das wäre zu viel Ehre für ein kleines Mädchen«, faßte sich Frau von Levetzow schnell.

»Kleines Mädchen? Von achtzehn Jahren?«

Ulrike verbesserte: »Von neunzehn Jahren, Herr Geheimrat.«

»Wie? Schon neunzehn? Ja, dann bist du entschieden zu alt für mich, und ich ziehe meinen Antrag zurück, behalte mir aber vor, ihn später einmal zu wiederholen.«

In diesem delikaten Augenblick kam das Hausmädchen und wandte sich an Frau von Levetzow:

»Frau Baronin, Herr Prinz von Trubetzkoj bittet, den Damen seine Aufwartung machen zu dürfen.«

Die Baronin nickte.

»Ach, du lieber Himmel«, stöhnte Ulrike.

»Kind!« sagte Frau von Levetzow ärgerlich. »Nimm bitte nicht die burschikosen Ausdrucksweisen von Amélie an! Sie müssen wissen, lieber Freund, daß der Prinz ein sehr netter, lebhafter junger Mann ist. Ein Herr mit ...«

»Ein Herr, so alt wie ich«, lachte Ulrike.

»Keineswegs. Er ist sicher Mitte zwanzig. Wir lernten ihn vorige Woche beim Grafen Nostitz kennen. Was ihn hierher nach Marienbad verschlagen hat, verriet er uns noch nicht.«

»Die Langeweile, Maman«, sagte Ulrike.

»Kind, bitte! Sei bloß nicht unhöflich, wenn er kommt. Denn meinetwegen kommt er gewiß nicht.«

»Ja, ja«, seufzte das Mädchen.

»Mir tut nur leid, lieber Freund, daß er unser erstes Wiedersehen stört. Aber ich tröste mich, daß wir ja noch – ah, da ist er. Seien Sie willkommen, Prinz!«

»Bestimmt alles andere als das! Sie haben den lieben Besuch, den Sie so ungeduldig erwartet hatten.«

Der Prinz war eine blendende Erscheinung. Er war nach der neuesten Mode gekleidet, hatte ein männlich schönes Gesicht und die untadeligsten Manieren.

Nachdem er Mutter und Tochter begrüßt hatte, verbeugte er sich vor Goethe und begnügte sich mit einem gemurmelten »Trubetzkoj«.

Dann sagte er lebhaft: »Es ist der schönste Moment in meinem Leben, Euer Exzellenz zu begegnen. Glauben Sie mir, ich fühle mich wirklich glücklich.«

»Dichter, überhaupt Künstler«, sagte Goethe höflich, wobei seine Stimme reichlich kalt blieb, »sollte man niemals anders als durch ihre Werke kennen.«

»Sie enttäuschen?«

»Ich nehme es an. Schiller hat mich damals maßlos enttäuscht.«

»Sie sind davor sicher, Exzellenz. Darf ich mich setzen, Baronin?«

»Oh, entschuldigen Sie meine Unaufmerksamkeit. Eine Tasse Tee?«

»Nein, danke. Ich bin den Samowar gewöhnt. Ich hoffe, ich bin nicht unhöflich.«

»Sagen Sie«, begann Goethe, »ist Ihr Vater Sergej Petrowitsch?«

»Nein, mein Onkel zweiten Grades. Kennen Sie ihn, Exzellenz?«

»Ich kenne ihn nur als den Führer der Geheimbündler.«

»Ja, das ist er. Er wird wohl noch in Sibirien landen.«

»Mit *dem* Namen?«

»Oh, das ist bei uns alles möglich.«

»Verzeihen Sie bitte«, mischte sich Ulrike ein, »was sind Geheimbündler?«

Den Prinzen riß es sogleich zu ihr herum.

»Ein Geheimbund, der so geheim ist, daß ihn alle Welt kennt. Man ist auf dem besten Wege, einen Aufstand zu riskieren. Man will eine neue Verfassung.«

»Aha«, sagte Ulrike, »wie bei uns. Das scheint eine ansteckende Krankheit zu sein. Ansteckender als Gähnen.«

»Wie entzückend!« lachte Trubetzkoj.

»Wahrhaftig!« sagte die Mutter, »Ulrike, du redest wie ein Soldat. Nimm dich wenigstens vor Seiner Exzellenz zusammen, wenn du schon den Prinzen für gleichaltrig erachtest.«

»Gleichaltrig?« rief Trubetzkoj und lachte wieder herzlich. »Ich bin neunundzwanzig Jahre alt. Ehrlich gesagt, bin ich dreißig, aber die drei mißfällt mir sehr, weil die Distanz zu den jungen Mädchen so groß wird.«

»Ich habe den Verdacht«, lächelte Frau von Levetzow, »daß Sie in Petersburg ein enfant terrible sind.«

»Es gibt wirklich einige Mütter, die das behaupten. Und jetzt erlebe ich es also wieder!« Er schien betrübt.

»Aber nein! Ich stelle mir nur die steife Hofatmosphäre vor.«

»Eben! Können Sie nun verstehen, verehrte Baronin, wie ich mich hier in Marienbad erhole?« Er lachte schon wieder, aber etwas unsicher.

»Wir sind neugierig: Was hat Sie denn eigentlich nach Marienbad verschlagen?«

»Mein Onkel. Nicht Trubetzkoj; Woronzow. Onkel Pjotr wollte nach Wien reisen, das er seit dem Kongreß in so schöner Erinnerung hat. Zunächst wollte er sich in Marienbad etwas auffrischen, denn er ist sechsundsiebzig, dann fand er es zu langweilig und reiste vorige Woche allein weiter, nachdem ich ihm erklärt hatte, daß mich nichts von hier fortbrächte.«

»Ich nehme an«, sagte Goethe, »Ihr Onkel ist auch Fürst?«

»Selbstverständlich, Rußland wimmelt von Fürsten, ich kenne mehr Fürsten als Bürgerliche, einschließlich des Personals. Sie können sich nicht vorstellen, wie öde das ist.«

»Warum reisten Sie dann mit ihm?«

»Ach so, das vergaß ich zu sagen: Ich bin sein Adjutant.«

»Wie?!« rief Frau von Levetzow, »Sie sind Militär?«

»Was könnte ich sonst sein, sagen Sie es mir, Baronin! Wir sind so alte Familie, daß wir zu allem anderen zu trottlig sind. Mein Onkel Pjotr ist in diesem Punkte alleralteste Familie. Er erweckt den Eindruck, als habe er schon unter Rurik gekämpft.«

Auch Goethe lächelte.

»Aber in Leipzig waren wir wirklich dabei!«

»Wie interessant«, rief die Baronin lebhaft, »nicht wahr, Kind?«

»O ja«, murmelte die Tochter.

»Wahrscheinlich haben Sie auch das Eiserne Kreuz?«

»Ich habe es tatsächlich, meine charmante Baronin. Allerdings glaube ich, zu Unrecht.«

»Aha!«

Der Prinz strahlte sie, nicht im mindesten gekränkt, an. »Mein Onkel ist Kavallerist. Er sagt immer, er sei Zentaur. Aber er kommt schwer auf das Pferd hinauf, und ich muß immer, auch im Kriege, ein kleines Treppchen mitführen. Auf dieses Treppchen klettert er, dann wird der Gaul längsseits herangeführt, mein Onkel angelt mit dem rechten Bein über den Sattel, ich springe schnell auf die andere Seite und ziehe an seinem Bein. Ständig besteht die Gefahr, daß ich nur den Stiefel in der Hand habe.«

Die beiden Damen lachten. Goethe, offenbar gelangweilt, verzog keine Miene.

»Wenn er dann oben sitzt, ist er nicht mehr herunterzubekommen. Ich erhielt Befehl von Blücher, die Reiterei auf den linken Flügel abzustellen. Als mein Onkel das Manöver bemerkte, fragte er: ›Was macht man da? Wohin wollen die Leute? Wer hat das befohlen?‹ ›Blücher, Onkel.‹ ›Ach, der gute alte Blücher, lebt der noch?‹«

»Wenn ich richtig rechne«, sagte hier Goethe, »war damals Blücher jünger als Ihr Onkel.«

»Das macht nichts. Auch wenn mein Onkel mich nach einem Jahr wiedersieht, sagt er: Ach, der gute, alte Sergej! Lebst du auch noch?«

»Das Eiserne Kreuz!« erinnerte Frau von Levetzow.

»Wollen Sie die Geschichte wirklich hören?«

»Natürlich.«

»Warum zischst du, fragte mein Onkel. Ich antwortete: Ich zische nicht, das war eine Kugel. Ach so, sagte er. Sein erprobter Schlachtengaul hatte bereits die Ohren angelegt und kehrt gemacht. Während wir zurücktrabten, erwischte mich noch eine Kugel. Sie fuhr zwischen Arm und Brust durch und ritzte ein bißchen meinen Oberarm. Er blutete. Mein Onkel, in der Meinung, ich könnte mich nicht mehr im Sattel halten, griff mir in die Zügel und galoppierte mit mir davon. Als wir endlich hielten, nestelte er sein Eisernes Kreuz vom Waffenrock und heftete es mir an. Dabei mußte ich ihn mit beiden Armen stützen, denn selbstverständlich spielte sich alles, wie es sich für einen Zentauren gehört, im Sattel ab. Die Frage ist jetzt: bin ich dekoriert oder nicht? Bin ich, Exzellenz?«

»Nein«, antwortete Goethe.

»Die Frage ist übrigens überholt, ich habe den Orden gar nicht mehr. Als wir jetzt von Petersburg abreisten, sagte mein Onkel: Gib mir mal mein Eisernes Kreuz zurück, ich möchte es in Wien anlegen, um die Österreicher zu ärgern.«

»Sie spielen doch nicht etwa Scheherazade?« lachte Frau von Levetzow.

Er legte die Hand aufs Herz:

»Wenn Sie, verehrte Baronin, mich besser kennen würden: Ich schwindle nie. Sagen wir: fast nie. Aber um Ihnen Bewunderung abzuzwingen, würde ich es vielleicht tun. Nein, es hat sich wirklich so zugetragen. Waren Exzellenz jemals in Rußland?«

»Nein«, antwortete Goethe.

»Sie würden dort Ihre glühendsten Bewunderer finden. Schukowskij hat Sie wunderbar übersetzt. Soll ich Ihre Bajadere zitieren?«

»Lieber nicht. Ich kenne sie.«

»Oder den Osterspaziergang? Ich weiß ihn auswendig.«

»Danke. Ehrt mich sehr.«

»Das dürfen Sie nicht sagen, Exzellenz! Ich habe ganze Teile des ›Faust‹ auswendig lernen müssen. Zur Strafe, weil ich so faul war. Welch ein Nonsens! Zur Belohnung hätten ihn nur die Besten lernen sollen, lernen dürfen!«

»Die Schauspielkunst«, lächelte Goethe, »scheint nicht Ihre geringste Begabung zu sein.«

»Das habe ich nicht verdient, Exzellenz!« lachte Trubetzkoj. »Ich gestehe aber, daß ich einmal Sänger werden wollte.«

»Baß«, sagte Ulrike. »Alle Russen sind Bassisten.«

»Nein, meine entzückende Baroneß, falsch geraten. Sehen Sie doch meine Statur! Ich bin die Hälfte von dem, was ich als Baß sein müßte. Ich habe eine Tenor-Stimme.«

»Irgendwann einmal«, sagte Frau von Levetzow, »müssen wir sie zu hören bekommen!«

»Irgendwann. Das läßt mich annehmen, daß ich Sie wiedersehen darf?«

Er erhob sich abrupt.

»Jetzt aber erlauben Sie mir, mich zu verabschieden.«

Er machte allen der Reihe nach seine Reverenz und verschwand dann so plötzlich, wie er aufgetaucht war.

Nach einem frugalen Mahl – er aß abends sehr bescheiden – begab Goethe sich in seinen kleinen Salon.

Er lehnte sich ein paar Augenblicke aus dem Fenster, schloß es dann, zog die Vorhänge zu und setzte sich an den Schreibsekretär. Er entzündete die Lampe, legte ein Diarium vor sich und begann zu schreiben.

»Marienbad, am 2. Julius 1823

Wie oft habe ich schon vor einem leeren Bogen gesessen, um ihn dann mühselig Zeile für Zeile zu füllen? Tausend Mal? Zweitausend Mal? Dieses Tagebuch wird einmal niemand lesen. Ohne Riemer und ohne Eckermann – was für eine Wohltat!

Warum schreibe ich? Weil ich diese wunderbaren Tage zweimal durchleben möchte.

Draußen singt eine Amsel. Mich hat ihr abendlicher Gesang immer traurig gestimmt, im Gegensatz zu ihrem morgendlichen Flöten. Flötet eine Amsel? Singt sie? Spricht sie? Diese hier singt vielleicht böhmisch. Lächeln Sie nicht, Eckermann, es war nur ein Scherz. Ich bin heiterer Stimmung.

Wie schade, daß die Menschen sich mit ihren Sprachen einander so unverständlich gemacht haben. Eine spanische Amsel verstünde den kleinen Sänger hier ohne Schwierigkeiten. Würden alle Menschen die gleiche Sprache sprechen, stünden ihre Herzen, und wenn nicht ihre Herzen, so doch ein Gemüt dem anderen näher. Ich sehe in dieser Vielfalt kein Glück. Wie hat wohl Trubetzkoj die Zeile ›Mahadöh, der Herr der Erde‹ übersetzt? Das Wort ›Herr‹ ist unser kommunes ›Herr‹ und doch dem inneren Klang nach ein ganz anderes. Vielleicht hat er ›Gebieter‹ gesagt, das ginge. Aber es ist doch nicht das gleiche, es ist zu irdisch. Ich bin nicht Schiller, ich bin nicht dialektisch.

Ich habe einen schönen Tag erlebt. Die seltsame eidetische Erfahrung meiner Reise hat keine Spuren hinterlassen. Ich kam recht frisch an und begab mich sogleich zu Levetzows. Ulrike scheint jünger zu werden statt älter. Sie sieht wie siebzehn aus. Nur als ich sie einen Moment an meine Brust zog – was eigentlich sehr zu ihrer Überraschung geschehen sein muß –, merkte ich sehr wohl, daß sie schon neunzehn Jahre alt ist. Ich suchte nicht die Berührung mit ihr, ja, eigentlich habe ich eine Scheu davor. Doch das Wiedersehen nach einem langen Jahr und die glückliche Stimmung überwältigten mich.

Der Empfang war überaus herzlich.

Meine Schilderung der Reise schien beide sehr zu beeindrucken. Ich erzählte das Erlebnis, ohne an eine Deutung zu denken. Wie war ich aufs höchste überrascht, als Ulrike meinen ›Faust‹ als Gleichnis heranzog. Diese schönen Gedanken in dem jungen Köpfchen!

Zugleich gab es mir einen Stich ins Herz, daß sie meine innere Wandlung nicht fühlte. Ich bin verjüngt, sieht man es einem Menschen nicht an? Meine momentane Enttäuschung hatte es mir eingegeben, dreimal ›Selbstbetrug, Selbstbetrug, Selbstbetrug‹ auszurufen. Ich hätte mir mehr Contenance erwartet. Aber wem das Herz voll ist, dem läuft es auch bei Bitternis über.

Dazu dieser Trubetzkoj, der da so unerwartet störte. Auch da mache ich mir Vorwürfe. Nachträglich frage ich mich, ob ich nicht zu abweisend gegen ihn gewesen bin. Allerdings muß ich weit zurückdenken, ehe ich einen jungen Mann finde, der in meiner Gegenwart derart viel redete. Jedoch mir scheint, daß er das Feuerwerk seiner Suada gar nicht an Ulrike, sondern an mich richtete. Ich bin sicher, daß es so war. Ulrike schien auch wenig von seinem flattrigen Geist angetan. Oder täusche ich mich? Auch ich lasse Gretchen zu Faust sagen: Bin weder Fräulein, weder schön, kann ungeleitet nach Hause gehn. Wie geschickt mich damals die Kaschierung ihrer ersten Gefühle dünkte.

Aber nein. Ich mag es nicht glauben. Ulrikes Ablehnung war zu schroff.

Nein, ich täusche mich auch in diesem Trubetzkoj nicht: Sein Feuerwerk an banalen Anekdoten war an meine Adresse gerichtet.

Ich bin es zufrieden. Hoffentlich wird er kein ständiger Voltaire an unserem Tisch.

Morgen werde ich nur einen kleinen Sprung hinüber machen und mich ausruhen.

Für Sonntag haben wir einen Ausflug geplant. Das Wetter wird sich halten.

Jetzt werde ich mich zur Ruhe begeben. Welch schöner Tag!«

Er verbarg das Heft und klingelte nach dem Sekretär.

»John, das Tagebuch. Dort sind Feder und Tinte. Reise ab Eger verlief angenehm. Besuch bei Levetzows. Dort Prinz Trubetzkoj kennengelernt.«

»Wie schreibt sich der Name, Herr Geheimrat?«

»Tru – betz – koj mit Jot. Habt Ihr?«

»Ja. Ist das alles?«

»Das ist alles. Später, in Weimar, werden wir es vervollständigen.«

»Angenehme Nachtruhe, Herr Geheimrat!«

Es wurde keine angenehme Nachtruhe.

Er schlief unruhig, wenig erholsam und gestört von wirren Träumen, aus denen er jedesmal bedrückt erwachte, ohne sich erinnern zu können.

Um sechs Uhr stand er, seiner Gewohnheit nach, auf. Er wusch sich, kleidete sich aber noch nicht an, sondern schlurrte im Morgenmantel herum.

Ihm fielen seine Mineralien ein, er öffnete die Kasten, in denen die Steinsammlung sortiert war, nahm einzelne Stücke heraus und wurde zusehends besserer Stimmung.

»John!«

»Herr Geheimrat haben gut geschlafen?«

»Danke. Also beginnen wir unseren ersten Tag in Marienbad. Zunächst, John, einen Gang zu Herrn Polizeirat Grüner, der angekommen sein muß.«

»Rat Grüner aus Eger?«

»Der nämliche.«

»Wo ist der Herr Rat abgestiegen?«

»Das weiß ich nicht. Ich würde mich freuen, ihn gegen elf Uhr bei mir zu sehen. Ich bäte, daß er seine Steine mitbringt.«

»Elf Uhr. Sammlung. Jawohl, Herr Geheimrat. Soll Stadelmann kommen?«

»Nein, ich bin nicht gelähmt. Ich will jetzt frühstücken.«

Nach dem Frühstück kleidete er sich sorgfältig an.

Er wählte den blauen Rock, der ihm diesmal schicklicher schien, er mußte dem Großherzog seine Aufwartung machen.

Es war nur ein Katzensprung bis zum Klebelsbergschen Palais, in dem Carl August als Gast des Grafen Quartier genommen hatte.

Der Großherzog war heiter und lebhaft, ging seinem Besucher entgegen und streckte ihm beide Hände hin.

»Wie geht es Euer Königlichen Hoheit?« sagte Goethe sehr formell.

»Meiner Königlichen Hoheit geht es genau so wie vor einer guten Woche, als wir uns in Weimar trennten, nämlich ausgezeichnet. Ich habe Marienbad eigentlich gar nicht nötig, aber es ist so schön hier. Und wie geht es Euer Exzellenz?«

Er schüttelte beharrlich Goethes Hand.

»Warum so sarkastisch, Königliche Hoheit?« fragte Goethe betroffen.

»Weil ich es satt habe, daß du mich, wenn wir allein sind, behoheitest.«

Er schüttelte weiter die Hand, was Goethe offensichtlich in Verlegenheit setzte.

»Mein lieber alter Knabe«, fuhr er fort, »wir waren Freunde und sind es geblieben. Mich beschämen diese Anreden aus deinem Munde. Du kannst es nur noch schlimmer machen, indem du mich Serenissimus nennst.«

»Verstehen –«

Der Großherzog, fortgesetzt handschüttelnd, ergänzte: »– Königliche Hoheit.«

»Verstehst du nicht«, sagte endlich Goethe, »daß mich das wirkliche Überwindung kostet?«

»Nein, das verstehe ich nicht. Du bist ein Esel. Versetze dich in unsere Jugend zurück, und es wird dir leicht von den Lippen gehen.«

Endlich ließ er Goethes Hand los und lachte ihn an.

Goethe wiegte den Kopf. »Das liegt lange, lange zurück. Du bist inzwischen Großherzog geworden, ich bin der gleiche geblieben.«

»Ein würdiger Alter.«

»Alter – das tut mir immer noch weh, obwohl ich es mir hundertmal vorgesagt habe.«

»Das braucht dir nicht wehzutun. Wehtun sollte dir das Wort würdig. Wenn du weniger würdig wärst, würdest du jünger sein.«

Goethe schwieg.

Nach einer Weile, während Carl August ihn beobachtete, sagte er leise:

»Ich kann nicht anders.«

»Du schüchterst die Menschen ein.«

»Ich kann nicht anders. Diese falsche Natur ist meine wahre Natur geworden.«

»Aber daß sie falsch ist, unecht, das spürst du?«

»Ich bin in Wahrheit noch derselbe, der ›Werther‹ schrieb, und gebe mich wie eine Statue.«

»So klar siehst du das? Gib mir deine Hand – nein, fürchte nicht, daß ich sie wieder eine halbe Stunde lang schüttle. Ich bewundere dich, aber nicht den würdigen Alten, sondern den Wolfgang, der sich bewahrt hat und es nicht zeigt. Bist du glücklich?«

»Manchmal.«

»Selten?«

»Ja. Selten. Man wird einsam.«

»Das kann sich ändern.«

Goethe lächelte.

»Doch, doch! Wie geht es Ulrike?« fragte Carl August unvermittelt. Goethe versteifte sich.

»Gut. Wie es gesunden Kindern gut geht.«

»Sie ist entzückend. Auch Amélie. Auch Bertha. Alle drei sind reizend. Sie sind für ihr Alter noch erfrischend naiv und jungmädchenhaft. Sagtest du was?«

»Nein, ich sagte nichts.«

»Ich werde Feste geben...«

»Ach, Gott –«

»Wehre dich nicht, mein lieber Alter. Es werden einige ganz nette Leute kommen, die dich alle sehen wollen. In Wahrheit gebe ich die Feste für die drei Mädchen. Sie verjüngen mich mehr als dieser alberne Gesundbrunnen. Hast du schon gekurt?«

»Noch nicht.«

»Dann machen wir das gemeinsam. Komm, gehen wir!«

Er hakte Goethe unter, ließ seinen Arm aber los, sobald sie die Straße betraten.

»Hat der alte Brösigke das Haus, in dem er mit den Levetzows hier wohnt, gekauft oder gemietet?« fragte er.

»Gekauft«, sagte Goethe.

»Wohl hauptsächlich für seine Tochter?«

»Und die drei Mädchen.«

»Sind sie begütert?«

»Ich nehme es an. Sie *haben* Güter.«

»Im ganzen eine angenehme Familie.«

»Ja.«

»Frau von Levetzow wünschte ich in Weimar zu haben. Sie ist als Witwe doch ungebunden! Ich muß ihr vorschlagen, mit den Mädchen zu uns zu ziehen. Du könntest sie heiraten. Oder Ulrike.«

»Wieder Sarkasmus, Königliche Hoheit?«

»Nein. Warum grüßt du Ulrike eigentlich nicht?«

»Wie? Wo?«

»Sie ging eben dort drüben vorüber.«

Goethe war sichtlich verwirrt.

Der Großherzog sprach gleich weiter: »Trinkt die Kleine etwa auch schon Brunnen?«

»Pardon, ich habe nicht verstanden.«

»Ich fragte, ob Ulrike etwa auch schon dieses Zeugs trinken muß.«

»Ulrike? Nein. Ich glaube nicht, das heißt, ich weiß es nicht. Wozu sollte sie?«

»Wozu nützt diese Quelle denn eigentlich?«

»Gegen Fettsucht –«

»Aha! Deshalb hat sie mir der Arzt empfohlen.«

»Fettsucht ist eine Krankheit. Eure Königliche Hoheit sind korpulent, nicht krank.«

»Danke, mein Lieber. Ich bin ganz schön im Fleisch. Aber weiter!«

»Gegen Kreislaufstörungen und Gicht.«

»Und wer bewirkt das?«

»Das Glaubersalz und die erdig-alkalische Quelle.«

»Woher weißt du solchen Kram? Von deinen Mineralien?«

»Ich weiß es von Grüner. Um elf Uhr sehe ich ihn. Ich hoffe, er hat etwas Neues. Ich möchte gern ein paar Steine mit ihm tauschen. Das ist kein Kram. Die Natur ist kein Kram.«

Sie spazierten die Kurpromenade auf und ab, Goethe aufrecht gestrafft; der Großherzog machte neben ihm einen kugelrunden Eindruck. Viele Kurgäste grüßten, und Carl August nickte jedesmal freundlich, während Goethe nichts zu sehen schien.

»Warum sammelst du statt des toten Gesteins nicht wenigstens Schmetterlinge und Insekten? Die sind mehr Natur.«

»Ich würde, aber ich kann nicht töten.«

»Du möchtest nicht töten? Aber einen Floh würdest du doch töten?«

»Das ist Selbsterhaltungstrieb gegen Selbsterhaltungstrieb. Das ist das Gesetz der Natur. Aber ich will nicht töten, wenn es mein Leben nicht betrifft.«

»Du glaubst, ein Insekt ist sich seiner bewußt?«

»Ich glaube es nicht, ich weiß es.«

»Du bist ein alter Heide.«

»Nein. Der heidnische Glaube lebt von der Furcht. Ich habe keine.«

»Und ein Stein, wenn du ihn abschlägst, spürt nichts?«

»Nein.«

»Aber eine Bakterie?« lachte der Großherzog vergnügt. »Jetzt habe ich dich! Wo ist da die Grenze?«

»Die Grenze ist ganz klar gezogen. Die Beseelung ist auf diejenige Schöpfung beschränkt, die zwei Voraussetzungen erfüllt: Begrenzung auf ein Geschlossenes,

Ganzes, eine Einheit; und Fortpflanzung, das heißt, Weitergeben des Lebens.«

Der Großherzog schwieg.

Nach einer Weile sagte er: »Wenn du ein Salzkristall abhaust und es in Salzlauge legst, wächst das abgeschlagene Kristallgebilde nach. Wußtest du das?«

»Ja, ich habe es selbst getan. Das ist kein Leben. Das ist eine Eigenschaft. Sie ist nicht wertvoller und nicht aufschlußreicher als zum Beispiel das Rostansetzen, das ja auch durchaus nicht nötig wäre.«

»Wovon reden wir eigentlich!« sagte der Großherzog, »das sind ja schöne Promenadengespräche. Ich habe immer gedacht, nur Schiller lebte durch den Kopf und du durch Gefühle.«

»Eure Königliche Hoheit haben recht gedacht.«

»Aber dein Kopf ist vollgepfropft von lauter Kram.«

»Mein Magen auch. Aber er verdaut.«

Der Großherzog schwieg wieder.

Dann, während er seine Schritte nach Hause lenkte: »Sprichst du auch so mit Ulrike?«

»Immer Ulrike.«

»Sprichst du auch so mit Ulrike?«

»Ich versuche es«, sagte Goethe zögernd.

»Ja, bist du des Teufels?«

»Sie ist klug.«

»Du bist wirklich von allen guten Geistern verlassen! Denke an mich. So – und jetzt machen wir gemeinsam Levetzows einen Besuch.«

Nach Tisch legte er sich eine Stunde hin, denn am Nachmittag stand ihm eine anstrengende Sitzung bevor, Kyprinsky hatte gebeten, ein Porträt malen zu dürfen.

Kyprinsky war ein russischer Maler, jung, zierlich, schwarzgelockt, noch eine unbekannte Größe in der Kunstwelt. Zunächst ließ der junge Mann Farben und Pinsel beiseite und zeichnete nur.

Goethe war geduldig. In einer Pause ließ er Wein kommen. Er nahm die Blätter zur Hand und betrachtete sie kritisch.

»Habe ich eine so lange Nase?«

»Sie ist kräftig, Exzellenz, sehr markant.«

»Und so fleischig?«

»Im Alter werden alle Nasen massiger mit Ausnahme von Adlernasen.«

Goethe versteifte sich und schwieg eine Zeitlang.

Dann sagte er: »Für einen Künstler, gleichgültig ob Maler oder Poet, ist das tiefere Kennen aller Dinge nötig. Mit dem Erkennen, dem unmittelbaren Blick, der uns die Dinge erst in ihrer Wesenheit offenbart, wächst das Künstlertum. Eine lange Nase muß nicht als lang wiedergegeben werden, wenn sie dem perplexen Anblick des Gesichts nicht den Stempel aufdrückt.«

»Ich verstehe sehr gut, Exzellenz, und werde es mir zu Herzen nehmen; um so mehr als ich weiß, daß Euer Exzellenz selbst sehr gut zeichnen.«

»Früher. Ich habe besonders auf Reisen gezeichnet, was meine Theorie unterstreicht. Dort war alles ungewohnter, perplexer Anblick.«

»Ich verstehe. Aber Exzellenz suchen doch auch die

Ähnlichkeit, die möglichst genaue Ähnlichkeit. Und die beurteilen Exzellenz Ihrerseits aus dem gewohnten Spiegelbild, während ich mich doch einzig auf die erste, überraschende Ansicht, die erste Begegnung, berufen kann.«

»Sie sprechen klug, das freut mich. Jedoch sehe ich kein unüberwindliches Hindernis, beides zu verbinden. Nennen wir es so: Ich suche auf Ihrem Porträt mich, aber Sie hoffe ich zu finden.«

»Euer Exzellenz haben die Formel gefunden«, strahlte der Maler, »dieses wunderschöne Wort hilft mir mehr als ein Dutzend Skizzen.«

»Die Individualitäten, lieber Herr Kyprinsky, werden lauter. Im vierzehnten und fünfzehnten Jahrhundert hat, mit geringen Ausnahmen, kein Maler seine Bilder signiert. Er fühlte sich als Diener, Diener in mehrfacher Hinsicht, als Diener an der Kunst und als Diener an seinem Auftraggeber oder seiner religiösen Überzeugung. Dann begannen die Signaturen, und das läßt erkennen, daß der Maler sich als Persönlichkeit zu fühlen begann. So blieb es. Er wollte unverwechselbar sein. Die Individualität wird sich noch ungeahnt in den Vordergrund drängen, das ist unschwer zu erkennen. Auch kommerzielle Gründe werden mit ins Spiel kommen.

Eine Begleiterscheinung aber ist – und daran denkt man wohl am wenigsten –, daß die Maler beginnen werden, sich künstlich Originalität zu geben. Ich wage einen großen Wandel in der Malerei zu prophezeien. ›Ich bin so‹, ›Ich sehe das so‹, werden sie ausrufen und mir ein drittes Auge und eine grüne Nase malen.«

Der junge Maler lachte aus vollem Halse.

»Sie halten das für undenkbar, mein Lieber? Ich nicht. Wenn das Dienende in der Kunst wegfällt, ist der Bedenkenlosigkeit Tür und Tor geöffnet, einer Freiheit, die ins Chaos führt.«

»Ausgeschlossen, Exzellenz! Malerei ist Abbilden und muß es als Sinn bleiben!«

»Weit gefehlt! Haben Sie einmal von den Bildern des Engländers Turner gehört? Nein? Nun, er malt Landschaften, in denen man Einzelheiten wie Schiffe, Häuser, Bäume nur noch wie im Nebel erkennt. Nun gut. Er könnte sich damit herausreden. Aber solche Nebel gibt es nicht, es sind, wie man mir berichtete, Feuergluten aus Rot, Gelb und Blau. Sehen Sie: Das gibt mir ein, zu sagen, daß die Malerei sich in unvorstellbarem Maße wandeln wird.«

»Das wäre krankhaft, Exzellenz. Bitte, halten Sie einen Augenblick still. Gleich habe ich es.«

»Krankhaft?«

»Seelisch krankhaft.«

»Die Seele kann im Fieber wundersame Gesichte haben. Wer sie zu Papier oder zur Leinwand zu bringen vermag, kann sich glücklich nennen. Aber wir schweifen vom Thema ab. Übrigens sind zwei gute Stündchen vergangen, und wir werden Schluß machen. Künftig müssen Sie sich gelegentlich mit einer halben Stunde begnügen.«

»Wie schade, Exzellenz.«

»Ja, ja, mag sein. Ich werde Sie der Baronin von Levetzow empfehlen. Sie hat drei sehr schöne Töchter, die zu malen Ihnen wohl Freude machen dürfte.«

»Euer Exzellenz sind sehr gütig.«

Kyprinsky packte seine Utensilien zusammen und verabschiedete sich in Hochstimmung.

Goethe zog das Skizzenblatt hervor, das er unter einem Stapel Papiere hatte verschwinden lassen. »Er brauchte das nicht zu wissen«, sagte er laut.

Er betrachtete es lange.

Er glättete es sorgfältig und schrieb dann mit Bleistift darunter:

»Für mein Töchterchen. Kyprinsky heißt der Kerl, der meine Nase so lang gemacht hat.«

Er kuvertierte das Blatt und klingelte nach John.

»Das hier soll Stadelmann der Baronesse Ulrike Levetzow bringen. Und wir müssen uns jetzt noch über die Steine hermachen. Sortieren. Beschriften.«

Sie beschäftigten sich eine Stunde, dann wurde Goethe es leid.

Er aß zu Abend, stocherte aber lustlos in den Speisen herum.

Er klappte das Schreibfach auf, nahm sein geheimes Tagebuch heraus und schrieb. Auch das ging langsam vor sich, mit Pausen, in denen er vor sich hin grübelte.

»Marienbad (er vergaß, das Datum hinzuzufügen)
Du gingst vorüber? Wie! Ich sah dich nicht;
Du kamst zurück, dich hab ich nicht gesehen –
Verlorener, unglückseliger Augenblick!
Bin ich denn blind? Wie soll mir das geschehen?

Ja, wie konnte ich nur! Es nagt in mir den ganzen Tag schon. Immer dachte ich daran, ob ich nun mit Grüner oder mit diesem Maler schwatzte, immer dachte ich: Ich habe sie nicht bemerkt. Und nachher bei Levetzows war sie nicht da.

Was für ein vertrackter Tag!

Wovon sprachen Königliche Hoheit gerade? Ich habe nicht zugehört, meine Gedanken eilten durch die Straßen, um das geliebte Wesen zu suchen. Merken es Königliche Hoheit nicht? Nein. Niemand darf es merken. Sie ist mein Töchterchen, glaubt ihr. Aber sie ist die lieblichste der lieblichen Gestalten, ein Wunderzeichen der Natur, Euphrosyne. Ich muß mir darüber klar werden: Ich habe mein Herz verloren, ich Unseliger. Ach, was sage ich! Ich Glücklicher! Es ist doch gewiß, daß in der Welt den Menschen nichts notwendig macht als die Liebe.

Wenn ich einen jungen Sohn hätte, der sie mir als Braut brächte – ich würde meine Liebe opfern, nur um sie für ewig um mich zu haben.

Für ewig! Wie lange wird mein ›ewig‹ noch dauern? Fünf Jahre? Zehn Jahre? Gütiger Gott, gib mir noch Zeit, ich bin noch so jung!«

Er hielt inne und trocknete sich die Augen, in die Tränen getreten waren. Seine Gestalt war in sich zusammengesunken.

»Ich habe geschrieben«, fuhr er in seinem Tagebuch fort, »daß mir ein Gott gegeben hat, zu sagen, was ich leide – und nun bin ich stumm. Wie gut kannte ich die Herzen meiner Gestalten, und da ich selbst es jetzt bin, versagt mir das Wort. Ich leide. Ich leide. Gib mir meine Jugend zurück, allgütiger Gott!«

Er legte die Feder weg und verschloß das Heft.

Allmählich gewann er die Fassung zurück. Er erhob sich, trat vor den Spiegel und betrachtete sich.

Dann rief er John.

»Das Tagebuch, John.«

»Sehr wohl, Herr Geheimrat, ich habe es bei mir.«

»Morgens mit dem Großherzog gekurt. Mit Grüner Steine getauscht. Opulent gegessen: Sechs Schüsselchen vorzüglich böhmisch-wienerischer Küche aus dem Traiteurhaus bringen lassen. Dazu einen Graveswein, so gut wie im vorigen Jahr. Am Nachmittag nach kurzer Ruhe dem Maler Kyprinsky gesessen. Das ist alles. Gute Nacht, John.«

II

Im Brösigkeschen Hause brannte in einem Zimmer noch Licht bis spät in die Nacht.

Frau von Levetzow grübelte über einem Bogen Papier und versuchte, sich zu erinnern, was Goethe besonders gern aß und trank. Der Picknickkorb sollte ihn überraschen. Graves-Wein oder Lunel, das war die Frage. Wie war das vor zwei Jahren gewesen, als sie zusammen im Klebelsbergschen Haus gewohnt hatten?

Sie legte die Feder weg, ging zur Truhe, entnahm ihr eine Schatulle und schloß sie auf. Sie war mit Briefen gefüllt. Sie nahm sie heraus und breitete sie auf dem Tische aus. Sie wollte sie lesen (Graves oder Lunel), aber sie kam über die ersten Zeilen nicht hinaus. Alle begannen mit »Meine liebste Freundin«, »Meine teure Freundin« und einer »Meine reizende Amalia«.

Sie konnte nicht weiterlesen, sie war wie gelähmt. Sie starrte die vertraute Schrift an, aber die Buchstaben verschwammen ihr. Eine Weile saß sie so da, dann stand sie auf und trat zum Fenster, aus dem man hinüberblicken konnte zu ihm. Drüben war alles dunkel, er schlief.

Sie nahm das kleine Bildchen Ulrikes von der Konsole und betrachtete es. Plötzlich konnte sie die Tränen nicht mehr zurückhalten, sie barg das Gesicht in den Händen und schluchzte.

Goethe schlief.

Er träumte.

Er träumte; Rat Grüner hatte seine Mineralien vor ihm ausgebreitet.

»Das haben Sie«, sagte Goethe, »nach dem Lenzischen Compendium, das ich Ihnen schickte, geordnet.«

»Ja«, antwortete Grüner, »aber nicht nur nach den äußeren Kennzeichen. Ich übe mich auch im Tastsinn, Geruch und sonstigem Gefühl.«

»Wie?« staunte Goethe. »Geruch? John, das müssen wir für das Tagebuch festhalten. Tastsinn und Geruch, erstaunlich. Haben Sie sich denn auch der Reagenzien und des Lötrohrs bedient?«

»Auch das. Ich bin die Sache mit allem System angegangen. Sie wissen, Herr Geheimrat, daß ich unermüdlich im Bergbesteigen bin; ich habe herrliche Sachen gefunden, Andalusiten, so schön wie die Tiroler, Menelithe –«

»Davon versteht Ulrike nichts.«

»Ja, da haben Sie recht. Von Schokolade, nicht wahr? Hier ist ein Stein, der ist aus Schokolade, der würde goutiert werden.«

»Ich tausche ihn gegen meinen kristallisierten Andalusiten.«

»Bedauere, Exzellenz, ich kann ihn nicht hergeben,

ich habe ihn bereits in der Tabelle der Fundorte registriert.«

»Dann will ich nicht in Sie dringen. John, was machen Sie da am Fenster?«

»Ich öffne die Vorhänge, Herr Geheimrat, es ist sechs Uhr. Guten Morgen.«

Ulrike holte ihn vom Gasthof ab. Sie gingen vor aller Augen Hand in Hand zum Brösigkeschen Haus hinüber, vor dem schon die Kalesche stand und bepackt wurde.

Frau von Levetzow begrüßte ihn; sie sah nicht so frisch aus wie sonst, aber sie hatte das liebste Lächeln aufgesetzt.

»Haben Sie gut geschlafen?« fragte sie Goethe.

»Ich habe geträumt.«

»Von wem?«

»Von Grüner. Ein angenehmer Traum. Und Sie, meine teure Freundin?«

»Ich habe auch eine kurze Zeit geträumt. Steigen wir ein?«

»Wohin geht denn die Reise?«

»Ich dachte mir, wir fahren ein bißchen in die Berge. Vielleicht zu der schönen Quelle, an der wir vor zwei Jahren waren.«

»Waren wir an einer Quelle?«

»Sie haben es vergessen. Aber Sie werden sie wiedererkennen. Nehmen wir Platz!«

Die quirlige Amélie kletterte auf den Bock neben den Kutscher, Goethe setzte sich neben Frau von Levetzow, Bertha und Ulrike gegenüber.

»Hör auf!« schrie Amélie.

»Was gibt es?«

»Der Hengst beißt die Stute ständig in den Hals«, rief Amélie wütend.

Der Kutscher nahm ihr die Peitsche aus der Hand.

»Sie dürfen ihn nicht schlagen, gnädiges Fräulein. Es ist Liebe.«

»Das ist Liebe? Wenn einer dem anderen wehtut?«

»Das ist Liebe, und er tut ihr nicht weh.«

»Aber ich mag das nicht sehen, er soll aufhören, ich will das nicht sehen!«

»Er wird aufhören, wenn wir fahren.«

»Dann los, fahren wir.«

»Bestimmst du das, Amélie?« sagte ihre Mutter verstimmt.

»Entschuldige, Maman. Aber das Getändel beleidigt mich.«

»Also, vorwärts.«

Der Wagen verließ Marienbad und wandte sich den Bergen zu.

»Heute vor zwei Jahren –«, begann Frau von Levetzow.

»O weh!« tat Goethe erschrocken. »Halten Sie ein, ich werde mich wieder nicht erinnern können!«

»Warum sollten Sie auch?« lächelte Frau von Levetzow und fuhr fort: »Ich hatte damals gerade Ulrike aus dem Internat in Straßburg geholt und sie hierher nach Marienbad mitgenommen. Am gleichen Tage noch machten Sie Ihren Besuch. Siehst du den Herrn dort, der über die Straße auf unser Haus zukommt, fragte ich Ulrike. Ja, Maman. Besucht er uns? Wer ist es? Es ist, sagte ich, eine sehr hochgestellte Persönlichkeit. Mehr als das: Es ist Goethe! Und? fragte Ulrike. Ich ergänzte: Der Geheimrat von Goethe! Ja, Maman. Und? Ulrike, weißt du denn immer noch nicht, wer er ist? Goethe!! Ach so, ja, natürlich: Man sagt ja immer: Schiller und Goethe!«

Ulrike saß hochrot im Gesicht da und blickte zu Boden. Amélie, auf ihrem Kutschbock, lachte.

Goethe schien sich erst etwas fassen zu müssen. Dann sagte er: »Das imponiert mir.«

Amélie lachte wieder.

»Ja«, wiederholte Goethe, »mir imponiert die Aufrichtigkeit und auch die Unbefangenheit.«

Ulrike sah ihn unsicher an: »Wir haben im Internat nur französische Dichter gelesen. Und ein bißchen Schiller.«

»Schiller? Gedichte etwa?« wunderte sich Goethe.

»Balladen. Und: Die Glocke.«

»Ja, ja, natürlich. Aber das ist keine Lyrik, mein Töchterchen, es ist nicht ein echtes Gedicht, das ja von dem Wort ›verdichten‹ kommt. Schiller war kein Lyriker. Wenn er es versuchte, wurde es ein wenig peinlich.«

Er deklamierte: »Meine Minna geht vorüber, meine Minna kennt mich nicht, / die am Arme seichter Toren blähend mit dem Fächer ficht. / Von dem Sommerhute nicken stolze Federn, mein Geschenk, / Schleifen, die den Busen schmücken, rufen: Minna, sei gedenk! – Wie finden Sie das, liebe Freundin?«

»Mir geht es ein«, antwortete errötend Frau von Levetzow.

»Was?« staunte Goethe. »Der Inhalt?«

»Ja.«

»Aber die Form, die Form, die Form! Nichts ist verdichtet; lauter profane Sätze, die nicht einmal echte Verzweiflung oder Trauer ausdrücken! Das ist ein Buchhalterfazit. Schiller war ein großer Dramatiker, der größte, den wir haben, und ein begnadeter Balladendichter. Aber sein Kopf, dieser ewig denkende, ordnende, verwertende Kopf war nicht durch eine einzige Ader mit dem Herzen verbunden. Alles Lyrische muß im ganzen zwar vernünftig, im einzelnen jedoch ein bißchen unvernünftig sein. Ulrike!«

»Ja?«

»Verstehst du?«

»Ich weiß nicht. Ich will darüber nachdenken.«

»Bertha, du?«

Bertha schüttelte stumm den Kopf.

Amélie drehte sich um: »A propos Sommerhut. Dem Herrn Geheimrat scheint die Sonne direkt ins Gesicht–«, sie nahm ihren Florentiner vom Kopf und reichte ihn Ulrike –, »setz ihn doch dem Herrn Geheimrat auf!«

Ulrike nahm ihn unbefangen, beugte sich vor, um Goethe den Hut aufs Haupt zu stülpen, aber Frau von Levetzow entriß ihn ihr. Sie war zornrot im Gesicht.

Amélie war erschrocken. Sie stotterte: »Wir sind doch allein, es sieht es doch niemand!«

»Ich. Ich sehe es, das genügt!« antwortete Frau von Levetzow und bemühte sich, wieder ruhig zu werden.

Goethe lächelte. Er nahm ihre Hand und küßte sie:

»Sunt pueri pueri, pueri puerilia tractant. Sehen Sie doch die schöne Landschaft. Wie angenehm die milden Formen, die sanften Schwellungen.«

Frau von Levetzow nahm die Ablenkung dankbar auf: »Kann man sie nicht etwas monoton nennen? Sie kennen die wilden Alpen.«

»Eben weil ich sie kenne, weiß ich die Schönheit der sanften Hügel des Böhmerwaldes so zu schätzen. Und du, Ulrike?«

»Ich kenne keine hohen Gebirge, Herr Geheimrat, aber ich glaube, ich würde mich ein wenig fürchten.«

Goethe betrachtete sie liebevoll.

Ulrike lächelte. »Dumm, nicht wahr?«

»Klug!« sagte Goethe. »Es besteht zweifellos ein Zusammenhang zwischen Bewunderung und Schauer. Ich war damals, als ich die Alpen überquerte, noch sehr jung, habe aber angesichts der schroffen Bergriesen und der Gletscher ein Gefühl gehabt, das dem, welches du erwähnt hast, sehr ähnlich ist. Hier, in diesen Tälern, wohnt die Vertrautheit. Hier ist die Natur zur Ruhe gekommen. Dort hingegen, in den jungen Alpen, zeigt sie noch ihre Wildheit, die Wildheit aus der Zeit ihrer Entstehung. Man steht erschüttert davor, aber man möchte nicht verweilen.«

»Das ist gewiß so«, nickte Frau von Levetzow, »und je älter man wird, desto mehr scheut man das Heftige.«

»Ich würde es nicht so nennen. Ältere Menschen sind ebenfalls heftiger Regungen fähig. Ich würde es nennen: Je älter man wird, desto mehr sehnt man sich nach dem Vollendeten. Diese Landschaft hier ist deshalb so wohltuend, weil sie zur Ruhe gekommen ist und das edle Gesicht der Vollendung angenommen hat.«

»Ich verstehe Sie gut!« sagte Frau von Levetzow.

»Geologisch«, fuhr Goethe fort, »sind die Alpen wesentlich interessanter. In der Mineralogie jedoch wird man hier fündiger. Die Mineralogie ist etwas sehr Beglückendes. Steine sind stumme Lehrer, und das Beste, was man von ihnen lernt, ist nicht mitzuteilen.«

Jetzt gab es kein Halten mehr; während der nächsten Stunden sprach er von Steinen. Frau von Levetzow wußte ab und zu noch eine halbwegs treffende Frage einzuschalten, aber die Mädchen begannen, sich flüsternd zu unterhalten.

»Ich kriege dich schon noch!« drohte Goethe scherzhaft Ulrike. »Warte nur! Du wirst meine Steine noch sehr gern haben.«

»Verzeihen Sie, Herr Geheimrat«, entschuldigte sich Ulrike, »Bertha fragte mich, ob das da hinten der Arber sei. Ich sagte nein. Stimmt das?«

»Der Arber ist viel weiter weg und auch höher. Man sieht ihn von dieser Seite nicht. Aber–«, er wandte sich an Frau von Levetzow, »–jetzt wird mir der Weg vertraut. Er führt direkt zur Quelle, nicht wahr?«

»Ja. Wir müssen jetzt rechts abbiegen; in wenigen Minuten sind wir da.«

Die Pferde gingen im Schritt, denn der Weg stieg an.

Bald traten die Tannen zurück, und eine liebliche Lichtung öffnete sich.

»Wir sind da!« rief Frau von Levetzow fröhlich.

Die Kalesche hielt, man sprang ab. Der Kutscher

ließ die Pferde grasen; die Mädchen packten die Picknickkörbe auf dem weißen Tischtuch aus, das sie auf dem schönsten Teil der Wiese ausgebreitet hatten.

»Appetit?« fragte Frau von Levetzow. »Johann, sind die Flaschen in den Bach gelegt?«

»Ich gestehe, liebe Freundin, daß ich einen Appetit habe, als wäre ich den ganzen Weg gegangen statt gefahren. Was gibt es denn Schönes?«

»Ich hoffe, alles getroffen zu haben, was Sie lieben. Die Vorspeise hat Ulrike gemacht.«

»Ah!«

»Etwas ganz Einfaches«, sagte Ulrike, »aber ich weiß, daß Sie es gern essen: Verlorene Eier mit Grün Soß.«

»Prächtig! Recht viel Kräuter darin, wie es Christiane immer tat?«

»Alles, was hineingehört, Herr Geheimrat. Und dann gibt es perdreaux en Daube à la Gelée.«

»Du bist mir zu gebildet, Kind! Also Rebhühner. Und wie?«

»Man nimmt Rebhühner und als Farce mageres Schweinefleisch, Kalbsleber oder Gänseleber und Trüffeln, alles fein gehackt und passiert. Ein Glas Champagner. Man löst das Rebhuhn aus den Knochen ...«

»Das geht weit über meinen Horizont! Woher weißt du das alles?«

»Es ist ein Straßburger Rezept. Wir haben es lernen müssen.«

»Alles Theorie«, rief Amélie, »können tun wir gar nichts.«

Frau von Levetzow wies sie zurecht. »Du bist unausstehlich, Amélie. Ihr habt recht gut kochen gelernt.«

»Und wie schmeckt es?«

»Wie können Sie fragen, Herr Geheimrat! Ich sagte doch, nicht Ulrike, Maman hat es gemacht.«

»Sei nicht so bissig, Amélie, deine Schwester wird ganz verlegen.«

»Das braucht sie doch nicht! Wenn sie einmal heiratet, findet sie doch bestimmt eine Köchin vor. Haben Sie in Weimar keine?«

»Doch, doch. Es wäre für alles gesorgt!« lachte Goethe vergnügt.

»Es geht ja noch weiter, Herr Geheimrat –«

»Amélie, du schwatzt reichlich viel«, mahnte Frau von Levetzow, »was hältst du davon, wenn *ich* es erzählen würde?«

»Pardon, Maman.«

»Lieber Freund, es gibt dann nur noch Walderdbeeren. Zufrieden?«

»Mehr als zufrieden. Ein köstliches Picknick. Geben Sie das Signal zum Beginn!«

Der Kutscher brachte die Flaschen herbei und öffnete sie.

Das Mahl begann.

Goethe aß mit Behagen und nicht wenig.

Als man beim Nachtisch angelangt war, kam das Gespräch noch einmal auf das Gedicht von Schiller zurück.

»Darf ich davon sprechen?« fragte Ulrike. »Mir ist ein Gedanke gekommen. War Schiller eigentlich ein fröhlicher, lustiger Mensch, Herr Geheimrat?«

Goethe überlegte.

»Fröhlich selten. Lustig – nein, eigentlich nicht. Er steckte voller Scherz und Ironie. Aber lustig ist etwas anderes.«

»Scherz jedoch ja? Vielleicht hat er das Gedicht scherzhaft und ironisch gemeint?«

Goethe stutzte. Der Gedanke würde ihm unangenehm gewesen sein, wäre er nicht von Ulrike gekommen.

»Ist das nicht möglich?« fragte Ulrike weiter. »Deutet nicht die Tatsache, daß er gar keine Minna gekannt hat, darauf hin? Oder kannte er eine Minna?«

»Minna von Bornholm«, sagte Amélie und machte ein sehr ernstes Gesicht.

»Sei nicht albern«, schalt Frau von Levetzow, »ich bitte dich wirklich, in Gegenwart des Geheimrats!«

Goethe konnte sich offenbar kein Lächeln abgewinnen.

Erst als Ulrike lachte, stimmte er ein.

»Was für ein Kätzchen mit Krallen du bist, Amélie«, sagte er, »so ganz verschieden von Ulrike und Bertha!«

»Ach ja!« seufzte das Mädchen. »Verzeihen Sie. Ich bin mißraten. Aber ich kann schneller laufen als meine Schwestern! Dürfen wir nicht ein Spielchen machen, Maman?«

»Es muß«, lächelte Goethe, »auch Wildbäche in der Natur geben, liebe Freundin. Machen Sie sich keine Sorgen um Amélie. Irgendwann fließt dann das ungestüme Wasser in einen gezügelten Fluß und gibt seine Wildheit auf. Auch dieses Fleckchen Erde brodelte einst und ist mit der Zeit – freilich langer Zeit – so idyllisch geworden. Hören Sie das Vogelkonzert? Eigentlich sollten die kleinen Sänger um diese Mittagsstunde doch schlafen! Aber wir haben sie wohl aufgescheucht. Sieh nur, Ulrike, wie zutraulich sie zu den Pferden sind! Die drei Schnäpper umfliegen sie sogar.«

»Der Schweißgeruch«, sagte sachlich Amélie.

»Wie bitte?« entsetzte sich Frau von Levetzow.

»Ich meine, Maman, daß es bei einem Pferd doch nicht unanständig ist, wenn es schwitzt?«

»Genug! Wir sind durchaus im Bilde. Wie kannst du in dieser himmlischen Umgebung von solchen Sachen sprechen!«

»Ich wollte nur erklären, was der Herr Geheimrat sagte. Der Geruch zieht die Insekten an und die Insekten die Vögel.«

»Ja«, lächelte Goethe, »da hast du recht, Amélie. Aber sie haben keine Angst, das ist das Merkwürdige. Sieh mal in die Höhe! Über den Pferden sitzt ein Buntspecht und hackt ungeniert von dem Schnauben unserer Tiere. Würden wir uns aber jetzt erheben, so verstummte alles sofort. Die Natur ist das Reich der Tiere, die Natur schließt sie ein. Wir Menschen gehören nicht in diesen Kreis, auch wenn wir uns so sehr an ihr erfreuen. Und wenn wir ihr Hilfe abgewinnen, indem wir ihre Heilpflanzen verwenden, ihre Quellen benutzen, so kostet es uns große Mühe und viel Experimente, das herauszufinden. Wir ergründen es wissenschaftlich. Die Tiere wissen es aus Instinkt. Oder, mag auch sein, sie lernen es von Generation zu Generation.«

»Aber wie lernen sie es?« fragte Ulrike. »Wenn ein

Vögelchen zum erstenmal eine Tollkirsche gepickt hat, ist es doch zu spät zum Lernen?«

»Das wäre der Fall, wenn der Instinkt nicht angeboren wäre, und wenn überdies die Mutter es nicht warnen würde.«

»Wie warnen?«

»Sie ruft es ihm zu.«

»Sie spricht?« staunte Ulrike.

»Ohne Zweifel. Die Tiere sprechen.«

»Ach, wenn wir sie doch nur verstehen könnten!«

»Das ist der alte Traum der Menschheit, mein Töchterchen. Schon in den Sagen und Märchen kommt er vor.«

»Wie schön und wie interessant müßte das sein!«

»Ich glaube«, sagte Goethe, »daß es für uns Menschen ganz uninteressant wäre. Nur im Märchen hat man die Vögel mit größerem Wissen über uns Menschen ausgestattet. In Wahrheit sagen sie sich Dinge, die ganz alltäglich sind.«

»Frau Nachbarin«, zwitscherte Ulrike, »wie geht es Ihnen? Was machen Ihre zwölf Kinderchen?«

»Danke der gütigen Nachfrage!« antwortete Amélie. »Sind alle wohlauf. Mein Ältester ist bereits verheiratet und brütet auf zehn Eiern! Er hat aber bei diesem heißen Wetter Nahrungssorgen. Zum Glück sind zwei Pferde gekommen.«

»Wo?«

»An der Quelle. Menschen lagern dort.«

»Wie scheußlich!«

»Ach nein. Es ist mal eine Abwechslung. Was machen Ihre drei Mädchen?«

»Oh!« zierte sich Ulrike und flatterte. »Sie sind auch schon flügge. Sehr brave Vögelchen.«

»Na, na«, zweifelte Amélie, »von der mittleren hört man ja so allerlei Dinge!«

»Aber nein!«

»Doch, doch! Sie soll recht vorlaut und gar nicht fein sein. Eigentlich fast mißraten!«

»Schluß!« lachte Frau von Levetzow. »Unterhaltet euch jetzt mal eine Zeitlang nicht wie Vögel, sondern wie Fische.«

»Fische sind stumm«, brummte Amélie.

»Eben.«

»Nein«, sagte Goethe, »Fische sind nicht stumm. Alle Tiere, des bin ich mir gewiß, sprechen, sofern sie in Gemeinschaft leben. Sie müssen sich verständigen. Eines Tages werden wir es auch von den Fischen wissen.«

Frau von Levetzow lauschte hingerissen: »Welch ein Glück, Ihnen zuhören zu dürfen. Gedanken, so recht liebeerweckend in dieser idyllischen Umgebung!«

»Maman«, sagte Amélie zögernd, »ich empfinde wie du. Aber darf ich etwas sagen? Wenn wir schon so stumm wie die Fische im Sprichwort sein sollen, könnten wir uns nicht mit einem Spiel vergnügen? Ein Picknick ohne Spielen ist doch nur ein halbes Picknick.«

Frau von Levetzow sah Goethe fragend an.

Er nickte eifrig.

»Also gut. Aber nicht echauffieren!«

»Blinde Kuh!« schlug Bertha vor. »Dann kann auch Maman mitspielen.«

Aber Amélie empörte sich. »Blinde Kuh! Das ist etwas für Fußkranke! Wechselt das Bäumchen! Aber die Bäume nicht zu nahe! Wir nehmen die zwei Buchen dort.«

»Drei«, sagte Goethe.

»Nein, eine von uns muß doch fangen, Herr Geheimrat!«

Hier geschah nun etwas Überraschendes. Goethe erhob sich, entledigte sich des Rocks und wiederholte: »Drei! Ich spiele ja mit.«

Tiefe Stille.

»Nein!« bat Frau von Levetzow.

»Aber ja! Aber ja!«

»Ich –«, stotterte sie, »ich glaubte –«

»Nun, was glaubten Sie, liebe Freundin? Ich wäre nicht schnell genug für diese drei Naseweise? Das wollen wir nun sehen!«

Die Mädchen klatschten vor Vergnügen in die Hände.

Man loste mit Grashalmen, und Bertha zog den kürzesten.

Nein, sie stellte sich nicht besonders geschickt an.

Vor allem Goethe wechselte beständig seinen Baum mit Ulrike. Manchmal rannte Amélie los und kam Goethe zuvor, aber es gelang ihm immer wieder, ihren statt Ulrikes Baum zu erreichen. Endlich begriff Bertha, daß der schwache Punkt der ewige Wechsel zwischen Goethe und Ulrike war. Sie lief zum Schein auf Amélie zu, machte dann rasch kehrt und ließ Ulrike überlistet stehen.

Die Mädchen hatten gerötete Wangen. Goethe

atmete schwer. Seine Stirnadern waren geschwollen, und manchmal umklammerte er, um sich auszuruhen, seinen Baum.

Frau von Levetzow hatte eine Weile ängstlich zugesehen.

Jetzt saß sie mit geschlossenen Augen da. Aus den Rufen hörte sie, was gerade vor sich ging. Auch daß Goethe einmal der Fänger geworden war, konnte sie aus dem Gelächter der drei Töchter ahnen.

Er hatte es schwer; die Mädchen waren flink wie die Wiesel. Er hätte vielleicht nie einen Baum erreicht, wenn Ulrike ihm schließlich nicht direkt in die Arme gelaufen wäre.

Er preßte sie an sich. Seine Brust ging heftig, und zu sprechen war er im ersten Moment nicht imstande.

»Habe ich dich«, flüsterte er dann und küßte sie auf die Wange.

Es dauerte nicht wenige Sekunden, wie sie so umschlungen dastanden.

Amélie rief: »Schluß! Genug! Wir sind alle müde.«

Frau von Levetzow kam wieder zu sich.

»Ja«, sagte sie, »der Herr Geheimrat könnte sonst Schaden nehmen.«

»Keine Angst, liebe Freundin«, sagte er, und sein Atem flog dabei. Er ließ sich schwer ins Gras nieder und streckte die stämmigen, etwas kurzen Beine von sich. »Das war prächtig und hat mir wohlgetan.« Das Sprechen fiel ihm nicht so leicht, wie er es gern vorgetäuscht hätte.

Amélie wollte eine Episode des Spiels erzählen, aber Frau von Levetzow hieß sie schweigen.

»Aber, Maman! Im Internat sind wir–«

»Amélie! Bin ich nicht deutlich? Zur Erholung schweigt man.«

Es war angenehm, im Grase zu liegen. Die Luft war warm, aber nicht drückend, am Himmel segelten ein paar weiße Wölkchen.

»Johann, pack' Er zusammen«, rief Frau von Levetzow dem Kutscher zu, der sich der Stiefel und Strümpfe entledigt hatte und im Bach watete. »Er ist unvernünftig, Johann, das kalte Wasser kann leicht zu Blutstauungen im Herzen führen!«

Goethe atmete einmal tief durch. Frau von Levetzow sah ihn besorgt an. Er lächelte.

»Im Atemholen«, sagte er, »sind zweierlei Gnaden: Die Luft einziehen, sich ihrer entladen; jenes bedrängt, dieses erfrischt; so wunderbar ist das Leben gemischt.«

»Ach, wie schön!« rief Ulrike. »Darf ich das aufschreiben?«

Goethe lachte. »Es ist schon aufgeschrieben, Töchterchen. Aber ich schenke es dir, denn mir ist, als hätte ich es eben jetzt gedichtet.«

»Lieber Freund, wie lieb von Ihnen«, sagte Frau von Levetzow. Und dann: »Wenn wir uns ausgeruht haben, könnten wir heimfahren. Ist es Ihnen recht?«

»Sehr recht. Es war ein heilsamer Tag.«

»Wollen wir über die Mühle zurückfahren?«

»Ja, aber bitte nicht einkehren. Fremde Menschen würden mein zufriedenes, glückseliges Herz stören.«

Es wurde angespannt, und die Pferde, die Bäuche prall vom frischen Grün, trabten bergab.

Man fuhr an der Mühle vorüber, und dabei begegnete ihnen eine andere Kutsche, die just in entgegengesetzter Richtung ihren Weg nahm. Sie war voll besetzt. Im Fond saßen Graf und Gräfin Nostitz, ihre Töchter hatten sich auf die Rücksitze gequetscht, und an der Seite des Kutschers saß Prinz Trubetzkoj. Als er die Levetzow'sche Kalesche erkannte und die Nostitz eifrig hinüberwinkten, stand er auf, machte einmal laut »Mi-mi-mi«, als wollte er seine Stimmbänder prüfen, und schmetterte dann die Mozart-Arie aus der »Zauberflöte«:

Ein Mädchen oder Weibchen
wünscht Papageno sich;
ja, so ein süßes Täubchen
wär Seligkeit für mich!

Grund genug, daß beide Kutscher die Pferde anhielten, Grund genug aufzuhorchen, denn die Stimme Trubetzkojs war ein wunderbar strahlender Tenor-Bariton.

Die Levetzow'schen Töchter waren ebenso aufgeregt wie die Nostitz-Mädchen. Der Graf rief »bravo!« und klatschte. Frau von Levetzow war in den Beifall eingefallen, und auch Goethe schlug ein-, zweimal die Hände anerkennend zusammen.

Dann knallten die Peitschen, und beide Kutschen setzten ihre Reise fort.

Es war Abend.

»John«, sagte Goethe, »Stadelmann soll morgen früh – heute ist es wohl schon zu spät – zum Konditor gehen und eine Kugel aus feinster Schokolade bestellen. Sie soll so groß wie ein Entenei sein, aber unregelmäßig wie ein Flußstein. Auch soll sie äußerlich so verputzt werden, daß sie aussieht wie ein Stein. Wird das gehen?«

»Gewiß, Herr Geheimrat, der Meister Hrubek ist ein wahrer Künstler. Er backt auch Figuren und Kutschen...«

»Kein Firlefanz. Es soll ein Stein werden.«

»Ein Stein. Jawohl.«

»Am Nachmittag werde ich hier auf der großen Tafel meine Mineralien aufbauen und den Schokoladenstein dazwischen legen.«

»Herr Rat Grüner wird staunen; ich verstehe.«

»Gar nichts versteht Ihr. Und jetzt das Tagebuch.«

»Ich bin bereit, Herr Geheimrat.«

»Also: Marienbad etcetera, etcetera. Picknickausflug zur Quelle – Quelle in Anführungsstrichen – mit Levetzows. Nachmittag mit Graf Waleski, Klebelsberg und Madame Gajewska, der Dichterin, zusammengewesen. Ich war aus bestimmten Gründen wenig gesprächig. Ist in Gegenwart einer Dichterin auch nicht nötig. Später kam Seine Königliche Hoheit Carl August noch hinzu. Alles.«

»Was ›alles‹?« fragte John.

»Das ist alles. Gute Nacht.«

Als John gegangen war, machte Goethe sich für die Nacht zurecht. Zuvor aber setzte er sich noch an den Schreibsekretär und nahm sein Tagebuch-Heftchen heraus. Ohne zu überlegen, flossen ihm die Sätze aus der Feder. »Vor mir steht ein Strauß Iris, und bei ihrem Anblick fliegen mir die Verse zu: (er schrieb in einem Zuge weiter)

Ja, du bist wohl an Iris zu vergleichen,
ein liebenswürdig Wunderzeichen,
so schmiegsam herrlich, bunt in Harmonie
und immer neu und immer gleich wie sie.

Mein geliebtes Mädchen, das war ein Tag, wie ich ihn seit Sesenheim nicht mehr empfunden habe. Auch dein elsässischer Akzent erinnert mich an meine Jugendliebe, und mein Herz klopft stärker, wenn ich deine Stimme höre. Nun, Carl August, kannst du dich heute beklagen? War ich der Minister und Geheimrat? Papperlapapp, du dummer Kerl! Du hättest mich sehen sollen! Das war der Wolfgang Goethe in der Campagna. Wie jung ich mich fühlte! Auch Amalia war ganz verwundert, ja geradezu verwirrt, ich sah es ihr an. Wie wir vier tobten und rannten und lachten! An Jahren fühlte ich mich den Mädchen näher als der Mutter. Als ich am Ende unserer Spiele Ulrike im Arm hielt und küßte – ach, nur auf die Wange statt auf die blühenden Lippen –, da verflog ein Zweifel, der mich so oft überkommen ist. Schlimmer noch als Zweifel; es sind Ängste gewesen, die mich so manche Nacht gequält haben, wenn ich schlaflos lag und an Ulrike dachte. Dann horchte ich nach innen, ob es nur mein Herz war, das nach ihr verlangte, und war gepeinigt, daß sich kein anderes Verlangen fühlbar regte. Ich habe schlimme Stunden verbracht, ich gestehe meine Ängste. Wie, wenn ich dir, du wunderbar junges Mädchen, als Mann nicht standhalten konnte! All mein Sehnen vergeblich, alle Bilder Gaukelei? Aber heute, in jenem glücklichen Augenblick an der Quelle, fühlte ich es nur zu gewiß, und ich spreche es hier aus: Geniale Naturen erleben im Alter eine zweite Pubertät, die andere Leute nicht erfahren!

Vielleicht, mein Mädchen, hast du es gespürt.

Welch ein Tag!

Ach ja, einen kleinen Mißklang muß ich noch erwähnen. Als wir auf der Heimfahrt Nostitzens begegneten, in deren Wagen auch jener Trubetzkoj saß, fühlte sich der Prinz bemüßigt, uns vermittels Gesang (gute Stimme) mitzuteilen, daß er sich ein Mädchen oder Weibchen wünscht. Dumme Entgleisung; aber du hast sie nicht bemerkt, mein Stern, mein reiner Engel.

Nun gute Nacht! Schlafe so gut, wie ich es tun werde.«

III

Während Frau von Levetzow sich nach Tisch zum Schlafen niederlegte – sie suchte jetzt ganz im Gegensatz zu ihrer sonstigen Gewohnheit gern den Schlaf –, machten Bertha und Ulrike einen Spaziergang durch die Straßen. Die beiden unzertrennlichen Schwestern gingen schweigend nebeneinander her. Sie waren gleich gekleidet, und jede hatte einen kleinen, reizenden Sonnenschirm aufgespannt.

Als sie zum Levetzowschen Hause zurückgekehrt waren, sagte Ulrike:

»Begleite mich doch, Bertha!«

»O nein«, antwortete die Schwester beinahe erschrocken, »er hat dich doch allein eingeladen. Ich verstehe auch gar nichts von Steinen und würde mich schrecklich langweilen.«

»Ich werde mich auch langweilen. Aber er bat so dringend. Komm doch mit!«

»Das wäre ihm nicht recht, das weißt du doch, Herz. Und Maman wäre es ebenso wenig recht. Geh nur. Wir warten mit dem Tee auf dich.«

So spazierte also Ulrike allein, sehr gemächlich und

den Sonnenschirm drehend, zur »Goldenen Traube« hinüber.

John stand schon an der Tür bereit, sie zu empfangen. »Der Herr Geheimrat«, sagte er, »erwartet Sie, Baroness, mit Ungeduld.«

»Komme ich denn zu spät?«

»Nein, nein«, wehrte John ab, »das besagt nichts über den Grund der Ungeduld.«

Goethe, straff aufgerichtet, kam ihr entgegen und streckte ihr beide Hände hin.

»Du scheinst etwas erhitzt, liebes Kind; möchtest du etwas trinken?«

»Nein, danke. Wir haben, Bertha und ich, einen kleinen Spaziergang gemacht, und die Sonne brennt immer noch sehr heiß. Aber hier ist es schön kühl.«

»Nur nicht erkälten!«

»I, wie denn? Ich fühle mich sehr wohl. Wenn ich nur das Examen jetzt bestehen würde!«

»Aber! Ich examiniere dich doch nicht! Ich will dir nur meine Schätze zeigen. Komm!«

Die Tafel war nach beiden Seiten ausgezogen, und auf ihr lag eine Fülle von Steinen in Reih und Glied. Es war ein bunter Anblick und mitunter ein hübsches Geblitze, aber das war auch alles, was Ulrike den Schätzen abgewinnen konnte.

Goethe gab zu jedem Stück eine kurze Erklärung ab, während Ulrike die Zettelchen las, die wie Visitenkarten vor jedem Stein lagen.

»Oh, was bedeutet denn *das*?« rief Ulrike. »Ein einfacher Feldstein? Er sieht aus wie eine Kartoffel!«

Goethe lachte vergnügt.

»Gestehen Sie, Herr Geheimrat, Sie haben sich mit mir unwissendem Mädchen einen Scherz erlaubt!«

»Was diesen Stein betrifft, bist du, mein Töchterchen, gar nicht so unwissend. Ich möchte dich sogar für eine Expertin halten.«

»Eine Expertin in Kartoffeln oder in Feldsteinen?«

»Nimm das Kärtchen und lies!«

Ulrike nahm es und las laut:

»Genieße das auf deine Weise,
wo nicht als Trank,
doch als geliebte Speise.«

»Schokolade!« rief Ulrike und strahlte, wie Kinder strahlen.

»Erraten.«

»Ach, wie lieb von Ihnen, Herr Geheimrat! Ja, in diesem Mineral bin ich Expertin!«

»Ich weiß, mein liebes Herz. Und in noch etwas anderem: in Blumen.«

»Das ist wahr.«

»Von morgen an, Ulrike, werde ich dir jeden Tag einen Strauß schicken. Stadelmann wird ihn in der Frühe bringen. Auch wenn er ihn deiner Mutter abgibt, denke daran, er ist für dich!«

»O nein!« erschrak das Mädchen. »Das geht doch nicht! Sie dürfen nur Maman Blumen schicken.«

»Man wird sie der Maman geben, aber sie sind für dich. Das ist ein Geheimnis zwischen uns beiden.«

»Ein Geheimnis betrübt mich sehr. Ich habe vor Maman noch nie ein Geheimnis gehabt.«

»Dann wird es aber höchste Zeit, meine junge Dame! Wenn du spürtest, daß du einen Mann liebst, würdest du es doch nicht gleich deiner Mutter offenbaren?«

»Sofort.«

»Sofort?« wiederholte Goethe betroffen. »Woher willst du das wissen? Spürst du denn ein Liebesgefühl und hast es deiner Mutter gebeichtet?«

»Nein, Herr Geheimrat. Ich habe doch nichts zu beichten.«

»Bist du ganz sicher?«

»Aber ja!« lachte Ulrike. »Sie denken doch nicht etwa an Prinz Trubetzkoj?«

»Nein«, antwortete Goethe beinahe schroff, »meine Gedanken gehören diesem jungen Mann wirklich als Letztem.«

»Er ist nett, Herr Geheimrat, das wollen wir gelten lassen. Aber Dutzende von diesen jungen Herren sind nett. Er ist ein Welpe, nicht wahr?«

»Ach?«

»Ja.«

»Du findest ihn zu jung?«

»Viel zu jung. Für mich, meine ich. Amélie ist von ihm begeistert.«

»So.«

»Ja. Aber das besagt bei Amélie gar nichts. Sie ist gern ein bißchen provozierend. Sie dürfen ihr nie etwas übelnehmen, Herr Geheimrat; sie verehrt Sie sehr und hat viel mehr von Ihnen gelesen als ich.«

»Du liebes Kind! Entschuldige dich doch nicht! Wenn du eines Tages verheiratet bist, wirst du –«

»Ich werde wohl nie heiraten«, seufzte Ulrike.

Goethe legte den Arm um sie.

»Indem du das sagst, seufzst du?« fragte er liebevoll. »Ist das nicht ein Widerspruch? Ich prophezeie dir, mein Töchterchen, daß du eher, als du denkst, heiraten wirst. Ich glaube, einen reifen Mann.«

»Wenn, dann glaube ich das auch, Herr Geheimrat.«

Goethe konnte seine Freude kaum verbergen. Er drückte sie an sich und sagte: »Das ist etwas Wunderschönes, was du da gesagt hast. Mit diesem lieben Wort wollen wir uns verabschieden. Hier, Ulrike, ist ein Tüchelchen. Pack deinen kostbaren Stein hinein.«

»Um Himmels willen«, rief Amélie, »jetzt fängt Ulrike auch schon an, Steine zu sammeln.«

Ulrike lachte.

Graf Klebelsberg, der zum Tee gekommen war, tippte mit der Fingerspitze drauf und führte sie an die Zunge. »Aha!« sagte er, »das ist ein Stein aus der Werkstatt von Meister Hrubek, und das Ganze sieht mir stark nach Goethe aus!«

»Erraten, Graf.«

»Das ist von dem alten Steineklopfer wirklich sehr geistreich.«

»Dazu, Maman, dieses Zettelchen.«

Frau von Levetzow ließ es in die Runde gehen.

»Wie reizend«, sagte sie und bemerkte im gleichen Augenblick, daß Klebelsberg etwas süffisant dreinschaute. »Nein?« fragte sie unsicher.

Der Graf lachte. »Ein Olympier muß ja nicht in jeder Minute olympisch sein, nicht wahr?«

»Graf Klebelsberg«, mischte sich Amélie ein, »warum nennen ihn die Gazetten eigentlich den Olympier?«

»Weil seine Dichtungen – ich meine jetzt Faust, Tasso, Egmont, Iphigenie – wahrhaft olympisch sind. Nämlich nicht nur schön, sondern erhaben. Haben Sie«, wandte er sich an Frau von Levetzow, »einmal Kants Schrift über das Schöne und Erhabene gelesen?«

Frau von Levetzow errötete leicht. Er fuhr gleich fort: »Kant erklärt dort die Begriffe und unsere Gefühle gegenüber den beiden Phänomenen.«

Frau von Levetzow nickte aufs Geratewohl.

»Das Schöne entzückt uns, das Erhabene läßt uns erschauern.«

»Ja«, sagte sie, »das ist klug und wahr.«

»Aber«, wandte Amélie ein, »muß denn der Mensch, der Dichter selbst, nicht auch erhaben wirken?«

»Das tut er doch«, erwiderte der Graf.

»Goethe?«

»Ja.«

»Aber nein! Sie hätten ihn gestern bei unserem Ausflug sehen sollen! Er hatte den Rock ausgezogen und schw... und transpirierte sogar!«

»Auch Zeus hat manchmal transpiriert und bei Io noch weit mehr als nur den Rock ausgezogen. Nicht wahr, liebe Baronin?«

»Man sagt es«, stotterte Frau von Levetzow. »Aber jetzt wollen wir diese Dinge ruhen lassen und den

Stein anschneiden. Sicher ist die Schokolade das Feinste vom Feinen.«

»Sicher«, lächelte Klebelsberg, als er sah, daß die drei Mädchen sich doch tatsächlich die Lippen leckten wie Kinder.

Das Wetter wechselte. Es regnete tagelang. Da kam die Einladung des Großherzogs zu einem Ball ins Klebelsbergsche Palais wie gerufen. Goethe seufzte zwar, aber der Seufzer klang nicht sehr echt.

Am Vormittag schrieb er einige Seiten am vierten Band seiner »Dichtung und Wahrheit«; nachmittags saß er für sein Porträt, das ihm immer schlechter zu gefallen begann, und dann mußte er sich für den Ball fertig machen.

»Stadelmann, schwarz und alle Orden.«

»Jawohl, Herr Geheimrat.«

»Wir haben doch alles mit?«

»Alles. Und welches Schuhwerk, Herr Geheimrat?«

»Das nicht drückt. Auf die Schuhe schaut niemand. Ich will tanzen.«

»Die Schnallen vielleicht?«

»Drücken mich die?«

»Herr Geheimrat haben nie geklagt. Ich glaube –«

»Er muß doch wissen, Stadelmann, ob die mich drücken!«

»Sie drücken nicht. Ich kann aber auch nach einem Stündchen mit einem anderen Paar erscheinen und warten.«

»Das ist gut, Stadelmann. Also.«

Es regnete in Strömen.

Goethe beschloß, den heftigsten Guß noch abzuwarten. Er dauerte lange, und Goethe war unfreiwillig der letzte und nun mit größter Spannung erwartete Gast.

Klebelsberg machte die Honneurs im Vestibül.

»Ein Havelock!« rief er, während ein Diener Goethe den Umhang abnahm. »Der erste, den ich sehe, Exzellenz! Donnerwetter, hat der einen Chic! Gebe Er ihn mir mal her, Kaspar. Darf ich, Exzellenz?«

Er legte sich den Mantel um.

»Haben Sie ihn in Weimar machen lassen können?«

»Nein. In London.«

»Sehr elegant. Lasse ich mir auch kommen. Schade, daß Sie ihn nicht anbehalten können, wenn Sie in den Saal treten. Kommen Sie, Exzellenz!«

Der Saal war ein Lichtermeer. Alle Kronleuchter brannten, alle Appliquen blitzten, und überall standen Leuchter, deren Kerzen flackerten; auch Diener trugen noch Lichter in der Hand.

Man hatte in Gruppen beieinander gestanden. Beim Eintritt Goethes drehten sich alle ihm zu.

Der Großherzog kam mit ausgebreiteten Armen zu ihm, und Goethe ließ die Ehrung steif über sich ergehen.

»Er hat einen Havelock!« flüsterte Klebelsberg.

»Ach, Verrat!« sagte Carl August, »vor mir! Meiner ist noch in London! Wenn ich mit dir spreche, mein lieber Alter, könntest du mich wenigstens ansehen, statt deine Augen spazieren gehen zu lassen. Sie steht dort drüben bei Nostitzens.«

»Ich versichere Königliche Hoheit, ich bin ganz Ohr.«

»Ich sprach von Augen. Was hast du da für einen Orden über meinem Großkreuz? Kenne ich ja gar nicht!«

»Von Sachsen-Coburg-Gotha, Königliche Hoheit.«

»Aha. Hübsch. Dort kommt mein Vetter Louis; wenn er ihn sieht, will er ihn gewiß haben. Seit Napoleon tot ist, gibt es niemanden mehr, der ihm Orden verleiht.«

»Ich bin nicht im Bilde, Königliche Hoheit!«

»Louis? Exkönig von Holland. Er reist jetzt unter dem Namen Graf von St. Leu.«

Goethe begrüßte ihn so formell, daß Graf St. Leu gar nicht die Courage fand, auf den Orden anzuspielen, der sogleich seinen Blick gefesselt hatte.

»Ich glaube«, sagte der Großherzog, »du mußt jetzt die Damen begrüßen. Versuche dem Herzog von Leuchtenberg zu entgehen, sonst bist du bis Mitternacht belegt. Er probiert, allen Leuten sein Projekt eines Rhein-Donau-Kanals zu erklären.«

»Zu spät die Warnung. Ich habe das Projekt schon einmal über mich ergehen lassen müssen. Ich gesteh's, es ist ein schweres Stück, ihm zuzuhören. Aber er ist ein kluger Kopf und einer von den großen Charakteren, die immer seltener werden.«

Als Goethe endlich die Gruppe erreichte, die Frau von Levetzow umgab, vermißte er Ulrike.

Ehe er fragen konnte, sagte die Mutter schon: »Sie wird gleich wieder hier sein. Der Wiener Schriftsteller Braun von Braunthal zeigt ihr seine neueste literarische Schöpfung, ›Das Nachtlager von Granada‹. Kreutzer wird es in einer Oper vertonen.«

»Trägt dieser Braun von Braunthal seine Manuskripte immer mit sich herum?« fragte Goethe frostig.

»Ach, warum sind Sie so schlechter Stimmung, lieber Freund? Es ist doch ein so festlicher Abend! Und alles wartete so gespannt auf Sie.«

»Wieso gespannt? Man kennt mich doch. Was ist an mir zu sehen?«

»Sie sehen wieder so wunderbar aus, so festlich, so überlegen, so hoheitsvoll erhaben.«

Goethes Miene wurde immer verschlossener.

»Nun, das ist ein alter Ministeriale sich ja auch schuldig«, sagte er mit Hohn.

»Nein«, rief Frau von Levetzow verzweifelt, »das ist nicht zu ertragen. Was haben Sie nur? Ich gehe jetzt und hole Ulrike. Nein, Bertha, Amélie, ihr beide holt sie sofort her.«

Sie beobachtete Goethe besorgt. »Das Wetter..., ich glaube, es macht uns allen etwas zu schaffen.«

»Ich bin wetterunempfindlich«, brummte Goethe. »Wer kommt da?«

»Unsere liebe Frau von Aumüller«, sagte Frau von Levetzow. Die stattliche Dame kam herangerauscht. »Exzellenz!« rief sie, »oh, Exzellenz, welch schöner Abend, wieviel Sterne, Seine Königliche Hoheit, Herzöge, Prinzen, und nun auch Sie als schönstes Geschenk! Wir hatten nicht mehr gehofft, daß Exzellenz kommen würden. Aber freilich, der Gastgeber ist kein Geringerer als Serenissimus. Nun ich schon das

Glück habe, vor Ihnen zu stehen, Exzellenz, wage ich kühn zu fragen wie einem gewöhnlichen Sterblichen gegenüber: Würden Sie auch mir die Ehre geben zu einem kleinen bescheidenen Stegreif-Ball übermorgen in meinem Hause?«

»Ich bin nicht frei. Tut mir leid.«

Frau von Levetzow versuchte, ein gutes Wort einzulegen. »Wie schade. Frau von Aumüller ist eine so liebenswerte Wirtin. Sie hat meine Mädchen ins Herz geschlossen.«

»Die Bälle scheinen sich zu jagen. Wir haben ja noch nicht einmal den heutigen hinter uns gebracht.«

»Bei dem üblen Wetter, lieber Freund, sind das doch reizende Abwechslungen für die jungen Leute.«

»Ich zähle nicht mehr zu ihnen.«

»Bitte, bitte, nicht so sprechen! Ich gehöre doch auch nicht dazu. Aber wir gehen alle hin.«

Goethe stutzte. Er suchte blitzschnell nach einer Volte. »Ich bin morgen besetzt«, sagte er lauernd.

»Übermorgen!« rief Frau von Aumüller beglückt. »Nicht morgen, übermorgen!«

Sie wagte seine Hand zu ergreifen, und Goethe fürchtete, sie könnte sie küssen.

»Nicht wahr, Exzellenz kommen?«

»Man wird sehen«, antwortete er mit Würde.

Jemand klatschte in die Hände.

Es trat Stille ein.

»Mesdames, Messieurs!« ertönte die Stimme des Großherzogs. »Säumen wir nicht länger; in der Bibliothek wartet das Büfett!«

Die weite Doppeltür der Bibliothek tat sich auf und

gab den Blick auf die prächtig gedeckte Tafel frei. Zugleich setzte dezente Musik ein, die von der Freitreppe kam, auf deren Empore fünf Musiker des Kurorchesters saßen. Sei es, daß der Anblick des kalten Büfetts sie faszinierte, sei es die Gewißheit von Goethes Zusage, jedenfalls segelte Frau von Aumüller unter vielen Dankesworten davon.

»Schöne Bescherung«, murmelte Goethe.

»Lieber Freund! Sie ahnen nicht, wie sehr Sie für mich einem aufgeschlagenen Buche gleichen«, lächelte Frau von Levetzow.

»Das fehlte mir noch!« Goethe lachte jetzt auch. »Wäre es so, müßte ich Sie stante pede etwas fragen.«

Frau von Levetzow errötete: »Mich? Dort kommt Ulrike. Fragen Sie Ulrike.«

»Ich habe keinen Mut, meine herzensgute Amalia. Außerdem ist sie mit Tellern beladen. Das wäre!«

Ulrike balancierte zwei Tellerchen, Bertha balancierte zwei Tellerchen, und Amélie aß schon im Gehen. Hinter ihnen tauchte eine schneeweiß gekleidete Gestalt auf. »Exzellenz!« rief Prinz Trubetzkoj freudig. Goethe schnitt ihm das Wort ab, er legte den Arm um Ulrike und sagte: »Na, du hast mich ja schön warten lassen! Wie konntest du nur!«

»Oh, das ahnte ich nicht«, erwiderte das Mädchen und schien betrübt. Es reichte ihm einen Teller: »Ich habe das für Sie ausgesucht, hoffentlich traf ich's richtig. Der kleine Berg hier – ein bißchen genant, nicht wahr? – ist Hummer.«

»Prächtig!«

»Exzellenz«, rief Trubetzkoj mit entschlossener

Stimme, »ich habe für uns alle ein Tischchen im kleinen Salon belegen lassen.«

Goethe musterte ihn.

»Was für eine Kleidung tragen Sie denn da?«

Der Prinz war einen Augenblick verwirrt. »Das? Das ist die Galauniform eines Rittmeisters der russischen Kavallerie. Ich habe keine Abendgarderobe mitgenommen. Uniform ersetzt alles.«

»Ein Bonmot fast«, lächelte Goethe. »Honi soit qui mal y pense. Und wo ist Ihre reservierte Sitzecke?«

»Parbleu! Da hat sich jemand einfach niedergelassen!«

»Ja, die Jemande sind Major von Wartenberg und mein junger Freund Knorring.«

»Was machen wir, Exzellenz?«

»Wir jagen sie weg.«

Er ging auf die »Jemande« zu und begrüßte sie.

»Knorring, Sie müssen Stühle auftreiben.«

»Es gibt keine freien mehr, Herr Geheimrat.«

»Dann ziehen Sie Serenissimus den Stuhl weg. Dieses Tischchen hat unser Prinz bereits für die Damen belegt.«

Knorring und der Major schoben den Damen die Sesselchen zurecht. Goethe ließ sich in einem Armstuhl nieder.

»Es ist schwül hier. Wie soll das erst beim Tanzen werden.«

Frau von Levetzow sagte erschrocken: »Sie werden doch nicht etwa tanzen?«

»Und ob ich tanzen werde! Ich kann doch Ulrike nicht als Mauerblümchen sitzen lassen!«

»Diese Befürchtung«, rief der Prinz, »ist unbegründet. Darf ich um den ersten Tanz bitten, Baroness?«

»Nein, Prinz, die Polonaise tanze ich bestimmt mit dem Herrn Geheimrat, nicht wahr?« Sie lächelte Goethe zu.

Trubetzkoj wandte sich an Frau von Levetzow, aber sie wehrte ab: »Sie sind sehr höflich, aber ich werde mit den Herren meines Alters tanzen. Führen Sie Bertha oder Amélie zur Polonaise.«

»Ich warne Sie«, lachte Amélie, »ich trete hart zu! Bei der Polonaise wären Sie ja noch außer Gefahr, aber für die nächsten Tänze halten Sie sich aus Selbsterhaltungstrieb besser an meine Schwester. Bertha tanzt wie eine Elfe.«

»Was für verrückte Reden, Kind!« rief Frau von Levetzow.

Goethe lachte.

»Sie fühlen sich wieder wohl, nicht wahr?« fragte sie ihn mit Wärme.

»Sehr wohl. Nur die Esserei dauert mir zu lange. Wir sind doch nicht verhungert! Ich bin mit meinem Hummerberg fertig.« Er stellte den Teller ab und erhob sich. »Ich muß nach dem Großherzog sehen.«

Es dauerte eine ganze Weile, ehe er zurückkehrte. Er setzte sich nicht.

Frau von Levetzow lächelte:

»Soll ich etwas prophezeien? Gleich wird der Tanz beginnen!«

Goethe drohte ihr scherzhaft: »Sollte ich wirklich ein offenes Buch für Sie sein?«

Tatsächlich begannen die Musiker in diesem Moment, die Polonaise zu intonieren.

Goethe ergriff Ulrike bei den Händen und zog sie zu sich hoch. In allen Räumen begann ein Scharren, sich Erheben, sich Verbeugen. Die Paare strebten dem Saale zu. Es war eine stattliche Zahl, und der Anblick der festlichen Garderoben im Licht der Kerzen war entzückend.

»Es ist mein erster Ball«, flüsterte Ulrike. »Im Internat hatten wir natürlich Tanzabende, aber heute führt mich zum erstenmal ein Herr zur Polonaise.«

»Wie allerliebst«, lächelte Goethe.

»Und der wievielte Ball ist es für Sie? Der hundertste?«

»Das wird kaum reichen, mein Herz. Als der Herzog und ich so jung waren wie heute Prinz Trubetzkoj, jagte ein Ball, eine Soirée, eine Mondscheinpartie die andere. In schönerer Erinnerung als die Bälle noch sind mir die Sommerabende geblieben, an denen sich eine illustre Gesellschaft in meinem Garten versammelte oder der Herzog uns zu sich lud. Es ging erquickend ungezwungen zu. Serenissimus ließ nur Tee servieren und – komisch, daß ich mich dessen so gut erinnere – für die Damen saure Milch.«

»Welche Idee!«

»Danach saßen wir am Spieltisch oder begaben uns auf die Kegelbahn, wohin uns später die liebreiche Herzogin eine Bierkaltschale bringen ließ.«

»Brrrr!«

Goethe lachte amüsiert. »In manchen Mondnächten sangen wir Rousseausche Lieder, von Hofmusiker

Zahn auf der Harfe begleitet. In Ettersburg und Tiefurt hatte die Herzoginwitwe allerliebste Naturbühnen errichten lassen. Dort spielten wir Theater im Schein der Fackeln, meist kleine Singspiele. Und mitunter lagerten wir bei Pechpfannen-Beleuchtung wie in einem Zigeunerlager.«

»Ach, wie romantisch!« sagte Ulrike. »Aber, Herr Geheimrat, wann sind dann Ihre großen Werke entstanden? Sie können doch nicht zwischen einem Singspiel und dem Zigeunerlager den ›Faust‹ geschrieben haben? Wann haben Sie es?«

»Wenn ich einsam war.«

»Waren Sie es denn manchmal?«

»Oft, mein Töchterchen. Sehr oft. Lassen wir das. Verklungene Melodien, mein liebes Herz. Vorbei, vorbei.«

»Aber nein doch! Weimar ist da, Sie sind da, der Großherzog ist da, alles kann sich erneuern! Und wenn Sie ein Töchterchen brauchen, bin ich da.«

Goethe sah sie lange an.

»Würdest du denn kommen?«

»O ja!«

Er schwieg.

»Aber«, fuhr sie eifrig fort, »wir sind gewiß nicht so klug und geistreich wie damals die jungen Damen Ihres Cercle. Außer vielleicht Maman.«

»Ich will dir als Antwort sagen, was Rahel Varnhagen einmal über Madame de Staël – hast du von ihr gehört?«

Ulrike nickte.

» – bemerkt hat. Sie sagte: Madame de Staël hat viel

Verstand, aber es fehlt ihr das Horchen ihrer Seele nach innen.«

»Um Himmels willen, Herr Geheimrat, wir sind aus dem Takt!«

»Das macht nichts. Seine Königliche Hoheit mit Gräfin Gorcey ist es auch.«

»Sehen Sie doch, wie himmlisch Bertha aussieht! Und wie engelhaft sie tanzt!«

»Du hängst sehr an deiner Schwester, ja?«

»Ach, das ist kein Ausdruck. Ich könnte ohne sie nicht leben.«

»Aber, aber!«

»Wirklich, Herr Geheimrat, ich kann mir vorstellen, daß ich mich eines Tages von Maman und Amélie trennen muß, aber ich vergehe bei dem Gedanken an eine Trennung von Bertha. Ich werde sie nie verlassen, und sie wird mich auch nicht verlassen.«

»Aber wenn du heiratest, dann muß es doch wohl geschehen?«

»Wenn ich heirate, zieht Bertha zu uns.«

»Zu uns?« wiederholte Goethe mit klopfendem Herzen.

»Ja. Meinen Sie nicht, daß ein Mann damit einverstanden sein könnte?«

»Das kommt auf den Mann an, Kleines.«

»Gewiß. Aber würden zum Beispiel Sie, Herr Geheimrat, damit einverstanden sein?«

»Ich?« Goethes Stimme war rauh. »Ja.«

»Ach, wie kurz – der Tanz ist zu Ende. Aber es war schön, nicht wahr?«

»Es war sehr, sehr schön.«

Nach der Polonaise gesellte sich Graf Klebelsberg zu ihnen.

»Ich bin«, sagte er, »entzückt über das junge Volk. Aber höher als alle Rosenknospen stelle ich die erblühte Rose. Madame«, wandte er sich an Frau von Levetzow, »ich wollte Ihnen damit huldigen.«

Frau von Levetzow errötete.

»Nein, nein«, wehrte sie ab, »die einfachsten Gesetze der Ästhetik sprechen dagegen. Eine Knospe ist das Versprechende, das noch die Zukunft vor sich hat.«

»Vielleicht ist das wirklich das Entscheidende«, sagte Klebelsberg, »ob man die Zukunft oder die Gegenwart sucht. Ein Mann, glaube ich, sucht immer die Gegenwart. Wenn er eine Knospe liebt, liebt er die Knospe und denkt nicht an die spätere Blüte.«

»Exzellenz«, wandte sich Trubetzkoj an Goethe, »hat Graf Klebelsberg recht?«

»Die Musik, mein Prinz, hat recht. Hören Sie? Eine Polka! Komm, mein Töchterchen!«

»Aber doch keine wilde Polka!« erschrak Frau von Levetzow.

»Hast du sie tanzen gelernt, Ulrike?« fragte Goethe.

»O doch! Gern!«

»Sie sind beide sehr unvernünftig!«

»Ja, das sind wir«, lachte Goethe, nahm Ulrikes Arm und strebte dem Saal zu.

Auch Bertha und Amélie brachen mit Trubetzkoj und Knorring auf.

Klebelsberg sah dem Geheimrat amüsiert nach. »Er macht Ihrer Ulrike sehr offensichtlich den Hof.«

»Lächeln Sie nicht«, erwiderte Frau von Levetzow, »es ist so, und ich sehe es mit Sorge.«

»Wie meinen Sie das?«

»Ach, ich meine jetzt nur das Tanzen. Der Geheimrat ist vierundsiebzig Jahre alt. Eine Polka sollte man in diesem Alter vermeiden, nicht wahr?«

»Er fühlt sich jung. Er kurt nicht einmal mehr regelmäßig.«

Sie seufzte.

»Und wie steht es um Ulrike?« fragte Klebelsberg leise.

»Sie ist noch ein halbes Kind.«

»Na, na! Sie wünschten sich, sie wäre noch ein ganzes Kind?«

»Zu spät.« Frau von Levetzow kamen die Tränen. Der Graf reichte ihr sein Spitzentüchlein.

»Ich ahne«, sagte er, »warum Sie so traurig sind. Ich habe ihn ja vor zwei Jahren erlebt.«

Sie schüttelte heftig abwehrend den Kopf.

»Verzeihen Sie, Amalia.« Er nahm ihre Hand und küßte sie.

Sie schwiegen, bis der Tanz zu Ende war.

Goethe kam erschöpft zurück. Er sank in den Sessel und sprach zuerst gar nicht. Dann schien er in den Augen der Frau von Levetzow die Besorgnis über seine Erschöpfung zu lesen und suchte den Eindruck zu überspielen, indem er tat, als denke er noch an das Gespräch, das der Tanz unterbrochen hatte.

»Wovon sprachen wir? Ach ja, ich glaube«, sagte er und versuchte, ruhig zu atmen, »man kommt doch wieder auf die Frage der Ästhetik zurück.«

Trubetzkoj ging sogleich höflich auf ihn ein: »Und auf den Unterschied im Empfinden der Geschlechter.«

»Nein«, erwiderte Goethe. »Sie meinen, ein junges Mädchen könne die Hürde der Ästhetik nehmen, ein junger Mann aber nicht? Das klassische Griechenland hat uns das Gegenteil bewiesen. Jünglinge hingen sich mit Leidenschaft an ältere, gereifte Männer, nicht nur geistig, auch körperlich. Ich gebe zu, daß der Motor das Geistige war. Ohne das Hinaufsehen zu dem Gereiften ist alles andere auch nicht denkbar... Hören Sie–? Man spielt einen Ländler! Mein Töchterchen, au travail!«

Frau von Levetzow sagte nichts. Ulrike und ihre Schwestern sprangen auf, Trubetzkoj führte wieder Bertha und Knorring Amélie.

»Meinen Sie, ich könnte in meinem Alter noch einen Ländler mit Ihnen wagen?« fragte Klebelsberg.

Frau von Levetzow lächelte und erhob sich.

Goethe schien diesmal nicht so angestrengt. Er kam hartnäckig auf das unterbrochene Gespräch zurück; es war, als wollte er es zu einem bestimmten Ziel hinführen.

Er sann nach: »Zu denken, daß die griechische Jugend die Zeichen und Runen des Alters nicht sah, ist gewiß unsinnig. Sie waren nicht blind. Es liegt der Schluß nahe, daß sie in diesen Runen eine ihnen eigene Schönheit entdeckten, so etwa, wie der ausgewachsene, borkige Baum seine eigene Schönheit vor dem glatten Stamm des jungen Bäumchens hat.«

Er machte eine Pause, und der Prinz applaudierte

ganz ungeniert mit Klatschen. Ulrike und Bertha blickten vor sich nieder; Amélie schien sich im stillen zu belustigen.

»Aber, Exzellenz«, ließ sich auf einmal Major Wartenberg hören, »die Skulpturen, die Marmorstatuen, die auf uns überkommen sind, zeigen doch das wahre Ideal.«

»Welches Ideal?«

Goethe war unangenehm von der Unterbrechung berührt.

»Die Jugend.«

»Keineswegs. Die Statuen stellen nicht irgendwelche Repräsentanten des Ideals dar, sondern schlicht Athleten. Da wir aber keine sechzig- oder siebzigjährigen Speerwerfer haben, sind es logischerweise Jünglinge. Ihr Einwand stellt keineswegs eine Entkräftung unserer Theorie dar.«

In diesem Augenblick trat der Großherzog hinzu: »Was höre ich? Entkräftung? Theorie? Sind das Ballgespräche vor den Ohren junger Damen? Man spricht von Mode, vom Kuren, von Frauen, von Schönheit, von Liebe!«

»Genau das taten wir, Königliche Hoheit. Wir sprachen über eine frühere Mode und ihre heilsame Kur, von Frauen und von Schönheit.«

Carl August lachte gutmütig.

»Das ist Goethesche Dialektik! Aber ich will nicht nachforschen. Ich will mich vielmehr verabschieden. Ich gehe zur Ruhe und wünsche noch ein paar recht frohe Stunden. Klebelsberg wird mich freundlicherweise vertreten. Gute Nacht!«

Als der Großherzog sich, von den meisten unbemerkt, entfernt hatte, begann die Musik einen Bostonwalzer. Goethe schnellte hoch.

»Ein Boston!« rief er. »Wenn wir schon keine Speerwerfer mehr sein können, so können wir uns doch noch in einem Boston wiegen. Die Doryphoroi können es nicht mehr. Wir aber leben!«

Amélie tanzte diesmal mit dem Prinzen.

»Es muß ein merkwürdiges Gefühl sein, sich als Olympier zu sehen«, sagte sie. »Möchten Sie ein Genie sein, Prinz?«

»Nein. Aber ich möchte wenigstens irgendeine Bedeutung haben. Ich möchte geliebt sein«, antwortete Trubetzkoj leise.

»Von Frauen? Das sind Sie wahrscheinlich.«

»Nicht von Frauen. Von den Menschen.«

»Denken Sie an den Ruhm?«

»Nein, an die Liebe.«

Als der Tanz vorüber war, spann Goethe seine Gedanken weiter ohne Empfindung dafür, ob es die anderen noch sehr fesselte. Man hörte ihm höflich zu.

»Wir dürfen die abendländische Ästhetik«, sagte er, »nicht für die einzig gegebene halten. Die Empfindungen nicht nur der Griechen oder Ägypter waren sehr abweichend, auch heute finden wir Völker, für deren Ästhetik wir wenig Verständnis haben. Zum Beispiel die Chinesen: ihre Ästhetik ist uns fremd, vollends ihre Einstellung zum Alter.«

»Aber, Exzellenz«, warf Trubetzkoj ein, »ein junges Mädchen war auch für sie immer eine begehrenswerte

Blüte. Und ein alter Mann statt eines jungen kann zwar die Realität im Leben einer Frau, aber wohl nicht in den nächtlichen Träumen sein. Meinen Exzellenz nicht, daß die Natur überall ihr Recht fordert?«

»Lieber Prinz, gerade über das, was Sie Natur nennen, disputieren wir ja. Sie ist nicht die Konstante, sofern wir mit Natur diesmal nicht Baum und Strauch, sondern unsere seelische Konstruktion meinen.«

»Ach – ja, ja«, sagte der Prinz müde. Er hätte den nächsten Tanz gern mit Ulrike getanzt, war sich aber ganz im unklaren, wie er das tun konnte, ohne bei Goethe sozusagen um ihre Hand anzuhalten.

Die unseligen Musiker stimmten einen Kontertanz an.

Goethe erhob sich und lächelte Ulrike zu, die gehorsam folgte.

»Es ist schon spät«, sagte Frau von Levetzow, »dies sei der letzte Tanz, ganz entschieden der letzte Tanz für heute.«

Goethe kam nun doch sehr echauffiert zurück, sein Atem ging schwer, und sein Gesicht war hochrot. Frau von Levetzow war nicht die einzige, die es mit Besorgnis sah. Sie erhob sich. »Es ist kurz vor Mitternacht.«

Goethe zog sie leicht an sich und küßte sie auf die Wange. »Wie sehr danke ich Ihnen für diesen Abend, liebe Freundin«, sagte er und gab seiner Stimme Festigkeit.

Dann verließen sie das Haus, Goethe straff aufgerichtet und nach allen Seiten distanziert grüßend.

Er fühlte wohl, daß es besser sei, kein Bad mehr zu nehmen. Im Schlafrock notierte er für John auf einem Zettel: »Regnete. Etwas gearbeitet. Bis Mitternacht Ball des Großherzogs, wo viel gehüpft und galoppiert wurde.« Er legte den Zettel auf den Tisch und schrieb in fliegender Handschrift »Tagebuch« darüber.

Dann setzte er sich an das Schreibpult und nahm sein Heftchen heraus.

»Komm, mein lieber kleiner, mein einziger Vertrauter«, sagte er laut, »und höre, wie es mir ergangen ist.«

Er schrieb:

»Wie wunderbar ist doch die Macht der Seele über den Körper! Ich bin in glücklichster Erregung wie ein Dreißigjähriger. Ich habe mich an Leib und Geist delektiert und bin nicht müde. Viele Stunden war das geliebte Mädchen an meiner Seite. Ich sah es, es gab für sie nur einen einzigen Menschen im Saal, mich. Unsere Herzen schlugen im gleichen Takt, unsere Körper berührten sich, und mir war, als seien wir bereits eins. So eine wahre, warme Freude ist nicht in der Welt, wie eine große Seele zu sehen, die sich gegen einen öffnet. Mein Engel tanzte nur mit mir. War es nicht ein Beweis für meine Ästhetik-Theorie, zu der mich das Glücksgefühl an diesem Abend so beflügelte? Ach, mein Töchterchen, das in meinen Gedanken längst nicht mehr mein ›Töchterchen‹ ist, wieviel Temperament sie im Tanze entwickelte, wie mich ihre polnische Polka entzückte, wie graziös sie in der Polonaise war, wie heiter-unschuldig im Ländler! Wie anmutig sie meiner Erzählung von früheren Zeiten folgte. Ihr Herz ist voller Romantik, aber es ist durch viel Klugheit gezügelt.

Welch ein Genuß wird es sein, ihr Lehrmeister zu werden! Was sagte sie? Ich muß es mir noch einmal wiederholen. Was sagte sie? ›Wenn Sie Ihr Töchterchen brauchen, bin ich da.‹ Worte, die mich sehr glücklich gemacht haben. Weiter, was sagte sie noch? Als ich sie fragte, ob sie kommen würde, was antwortete sie mit einem Strahlen ihrer Augen? ›O ja!‹ Muß ich nicht dahinter zwei Ausrufungszeichen setzen?

Welch ein Unterschied zu der Zeit vor zwei Jahren! Sie ist erwacht. Ich habe sie geweckt. Sie ist eine Frau geworden, die meinige, mein liebes Heftchen, die meinige! Wie verblassen gegen sie nicht alle anderen Geschöpfe. Ja, mir scheint sie auch tiefer als ihre Mutter, die ich verehre. Sie ist auch klüger als der Kobold Amélie, der leicht etwas flach wirkt, und sie ist vollblütiger als Bertha, ja, mehr als das; ich halte mein geliebtes Wesen für leidenschaftlich. Und warum wage ich die eine, die einzige Frage nicht?

Geduld, Geduld. Heute bin ich ein gutes Stück Wegs zu ihrem Herzen weitergekommen.

Es war auch nicht ohne Absicht, daß ich meinen Exkurs über die Ästhetik des Alters hielt. Sie begriff mich vollständig. Keine falsche Frage, keine falsche Bemerkung kam von ihren Lippen, obwohl der junge Dachs Trubetzkoj ihr einige Bälle zuwarf. Vergeblich.

Der Prinz war mir wieder etwas lästig, obwohl er nicht unsympathisch ist. Es wurde doch recht deutlich, daß ein Mensch wie er keine Ulrike ausfüllen könnte.

Ich bin glücklich. Ich möchte mich an meinen Engel verströmen. Morgen mittag bin ich bei Levetzows, und übermorgen werde ich ihr wieder so nahe sein können wie heute.

Wie schockierte mich zuerst die Einladung dieser Frau von Aumüller. Sehr gut hingebogen, alter Gauner!

Apropos wußte ich sofort, als mir Amalia den Namen Aumüller sagte, wer das imposante Weib war. Leider. Leider wußte ich es: sie ist mit meiner guten Christiane Vulpius verwandt. Aber sie selbst scheint es nicht zu wissen, sonst hätte sie mich wohl Wolfgang genannt. Oder tue ich ihr unrecht? War sie zu gut erzogen, um an die Verwandtschaft zu erinnern?

Ach, wie lästig alles, was noch an dem Vergangenen hängt. Ich will das Leben von vorne beginnen. Mit dir, du einziges Geschöpf.

Tadelt man, daß wir uns lieben,
dürfen wir uns nicht betrüben;
Tadel ist von keiner Kraft.
Andern Dingen mag das gelten.
Kein Mißbilligen, kein Schelten
macht die Liebe tadelhaft.«

IV

Es war eigentlich kein Ball; das überstieg wohl die Möglichkeiten der Frau von Aumüller. Es war eine abendliche Geselligkeit, für die Goethe dem Diener die Anweisung gab: »Den kleinen braunen Frack.«

Frau von Aumüller war so beliebt, daß sich wieder einige der Ballgäste des Großherzogs – wenn auch nicht er selbst – einfanden. Es hätten aber auch Großherzöge in Massen auftreten können, für die »liebe, nette Aumüller« war Goethe der einzige, der alles überstrahlende Stern.

Dem Abend ging eine ernste Ermahnung Frau von Levetzows an ihre Töchter voraus. Sie befahl Ulrike, sich nicht sehr wohl zu befinden und höchstens zwei Tänze anzunehmen.

»Chère Maman«, räsonierte Amélie, »du bist grausam. Wie oft haben wir Gelegenheit zu tanzen!«

»Muß ich dir, Amélie, wirklich erst erklären, warum ich das wünsche?«

»Nein; du möchtest vermeiden, daß der Geheimrat sich echauffiert.«

»Nun also.«

»Das betrifft doch nur Ulrike, Maman; ich bin doch nicht blind. Die Spatzen pfeifen es von den Dächern.«

»Wenn Ulrike vorgibt, ermüdet zu sein, wird er mit dir oder mit Bertha tanzen wollen.«

»Aber ich bitte dich, Maman! Nie! Und soll ich dann sagen, wir seien alle drei müde, es sei bei den Levetzows eine Schlafkrankheit ausgebrochen?«

»Übertreibe nicht dauernd, Amélie! Du hast ein Mundwerk wie ein Junge.«

»Wenn Geheimrat Goethe, dem Gott heute abend eine Erkältung, eine ganz, ganz kleine ungefährliche, zulegen möge –«

»Amélie!«

»– wenn er uns nun nicht auffordert, weder Bertha noch mich, dürfen wir dann auch keine anderen Tänzer annehmen?«

»Auch dann nicht. Du mußt dir mehr darüber im klaren sein, welch ein bedeutender Mann Goethe ist, welche Respektsperson, welche Ausnahmeerscheinung. Wenn ein Genie unter uns weilt, wirst du ja wohl ein kleines Opfer bringen können, nicht wahr? Spätere Zeiten, wenn wir längst nicht mehr leben, werden uns beneiden. Das nächste Jahrhundert wird sagen: Die kleinen Levetzows hatten das Glück, ihn zu kennen, zu sprechen, um ihn zu sein, ihn zu verehren. Er hat sie lieb gehabt und seine Töchterchen genannt. Amélie und ihr zwei anderen: Er ist der größte Mann, den Deutschland jemals hervorgebracht hat, er ist ein göttlicher Mensch, er ist das Urbild dessen, was ein Mensch zu sein vermag.«

»Aber, Maman, verzeih, wenn ich jetzt respektlos werde. Er hat einen Vers gedichtet ›Locken, haltet mich gefangen in dem Kreise des Gesichts‹. Maman, bitte sei aufrichtig und enttäusche mich nicht: Ist das nicht eine klägliche Reimerei? Denke auch daran, wie er sich bei Ulrike aufführt; wie er alle Würde vergißt. Und geschwitzt hat er! Inzwischen zankt sich sein Sohn mit Ottilie, der armen Frau. Er selbst ist jedesmal froh, wenn er aus Weimar fliehen kann. Sein Sohn tröstet sich beim Wein, um zu vergessen, genau wie damals Christiane.«

»Mein Gott! Kind! Was sagst du da! Ulrike! Bertha! Ihr geht einstweilen auf euer Zimmer. Es genügt, daß ich das anhöre!«

Die beiden Schwestern entfernten sich.

»Ich weiß noch mehr, Maman, und du weißt es auch. Madame Schopenhauer hat erzählt, und sie weiß es vom Arzt selbst, daß Christiane einsam und verlassen gestorben ist, weil Goethe sich geweigert hat, beim Sterben seiner Frau dabei zu sein. Niemand hat ihre Hand gehalten, niemand hat sie noch einmal gestreichelt; wie schrecklich traurig. Ach, Maman, glaube nur nicht, daß das alles für mich so einfach ist! Ich denke immerfort an diese Sachen, wenn er bei uns ist. Ich wünschte, ich hätte sie nie erfahren! Papa ist im Kampf gegen Napoleon als Held gefallen; Goethe trägt einen Orden von Napoleon! Er kennt kein Vaterland, Maman, und wer kein Vaterland kennt, kennt auch keine Liebe, Maman, das sage ich dir!«

»Entsetzlich! Hör auf, Amélie! Glaubst du denn all diese scheußlichen Dinge?«

»Muß ich nicht, Maman?«

»Aber, Kind, du bist doch stets lustig und froh in seiner Gegenwart?«

»Für euch, Maman. Und dann auch, weil ich mich des Lebens freue. Ich bin doch so, das weißt du doch!«

»Ich kann es nicht fassen! Mein liebes, liebes Kind! Dann denkst du im Herzen also ganz anders! Er ist ein so großer, so erhabener Dichter, Amélie, glaube mir.«

»Ich will es ja glauben. Ich bin zu dumm und unerfahren, um ihn ganz würdigen zu können. Aber, Maman, es sind zwei Goethes: Der eine ist der Dichter, der andere ist der Mensch, so wie er auch einmal vor den lieben Gott treten wird, der bestimmt nicht nach seiner Iphigenie und seinem Faust fragen wird.«

»Aber ja! Er wird danach fragen!«

»Nein! Verzeihe, daß ich so unbeherrscht bin. Gott wird nicht danach fragen, er wird nur unsere Herzen beurteilen.«

»Seine Werke kommen aus seinem Herzen, Amélie!

Über allen Gipfeln
Ist Ruh',
In allen Wipfeln
Spürest du
Kaum einen Hauch;
Die Vögelein schweigen im Walde.
Warte nur, balde
Ruhest du auch.

Was für ein Herz, Amélie! Was für eine Seele!«

»Dann weiß ich nicht mehr weiter, Maman. Ach, ich mag nicht mehr darüber nachgrübeln. Arme Ulrike.«

»Wie kannst du so etwas sagen, Amélie! Ich bin ganz verstört. Ich ahnte nichts von deinen Gedanken. Du magst Goethe nicht?«

»Ich hasse ihn.«

Frau von Levetzow trat wie vom Blitz getroffen einen Schritt zurück. Sie starrte ihre Tochter ungläubig an. Dann sank sie auf einen Stuhl und begann, herzzerbrechend zu weinen.

»Um Gottes willen!« stammelte Amélie und fiel vor ihrer Mutter nieder.

Die Räume, die zur Verfügung standen, waren leicht zu überblicken: die achteckige große Diele, die kleine Bibliothek und der Salon, dessen Mitte zum Tanzen freigemacht war.

Goethe sah sich um.

»Ein Hausball, immerhin ein Ball, und ohne Musik?« fragte er stirnrunzelnd.

»Nein, nein, Exzellenz«, beschwor ihn Frau von Aumüller, die ihm immer auf den Fersen blieb, »wir werden Klavierbegleitung haben. Wo, Exzellenz, hätte ich in meinem bescheidenen Hause Musiker plazieren sollen?«

»Und wer bearbeitet den Flügel?«

Frau von Aumüller errötete tief. »Graf Klebelsberg.«

»Ist's möglich?« murmelte Goethe.

Die Stimme Klebelsbergs kam hinter seinem Rücken:

»Warum denn nicht? Ich verdiene mir gern noch nebenher ein paar Taler, Exzellenz.«

Frau von Aumüller glaubte, in den Boden versinken zu müssen.

»Oh, liebe Frau von Aumüller«, zwitscherte Amélie, »lassen Sie doch einen Teller auf den Flügel stellen, und alle tun ein kleines Scherflein hinein, das wir dann dem armen Krüppel im Park schenken.«

»Welchem Krüppel?« wunderte sich Klebelsberg.

»Kennen Sie ihn nicht? Er sitzt immer im Gebüsch am Eingang und bettelt wortlos. Er hat keine Arme, und neben ihm sitzt ein kleines Hündchen.«

»Habe ihn noch nie bemerkt.«

»Und Sie, Herr Geheimrat?« Amélie schaute Goethe aufmerksam an.

»Flüchtig«, antwortete er, offenbar gleichgültig.

»Ein schreckliches Schicksal, nicht wahr?«

»Ja.« Goethe kramte in seiner Westentasche herum und zog drei Taler hervor. »Machen wir es einfacher«, er reichte Amélie das Geld, »gib du es ihm.«

»Ich? Möchten Sie es nicht selbst tun?«

»Nein. Ich habe ihm bereits durch Stadelmann etwas zustecken lassen.«

»Sie möchten ihn nicht sehen?«

»Nein.«

»Wenn ich, und ich bin ein junges Mädchen, ihn nun auch nicht aufsuchen möchte, wäre ich dann feige?«

»Ja.«

Amélie war ob dieser Antwort ganz erstarrt. Alle waren perplex.

Sie schwieg und schien eine Entgegnung zu überlegen.

Goethe kam ihr zu Hilfe. Er lächelte schwach.

»Du bist, wie du richtig sagst, sehr jung. Junge Menschen sollten dem Elend ins Gesicht zu sehen lernen. Es gibt sehr viel Unglück in der Welt, ich weiß davon, es genügt. Ich leide mit aller kranken Kreatur bis zu dem sterbenden Baum hinab – es genügt. Ich bin verwundet von dem, was ich weiß. Ich trage tausend Wunden aus meinem Leben davon. Ich muß nicht mehr konfrontiert werden. Ich fliehe, ich kaufe mich los, mit Geld, mit einem tröstenden Wort, mit einem Händedruck, mit einem Gedicht, mit einem schmerzgeborenen Werk. Du aber, Amélie, sollst vor den armen Krüppel treten. Er wird dich segnen.«

Amélie war tief errötet. Ihre Blicke bohrten sich in seine Augen. Er hielt ihnen gelassen stand.

Schließlich senkte sie den Kopf und flüsterte: »Verzeihen Sie.«

Frau von Levetzow, die bei diesem Gespräch Qualen gelitten hatte, sank auf einen Stuhl.

Goethe fuhr, wie nebenbei, fort: »Ich habe dich gut verstanden, Amélie. Und nun, lieber Graf, an die Arbeit!« Er lächelte Klebelsberg an. »Darf ich als erstes eine Polka bestellen?«

Frau von Levetzow, die in seinem Rücken saß, schüttelte heftig den Kopf. Worauf Klebelsberg freundlich abwinkte:

»Nein, lieber Geheimrat, zum Warmwerden kommt als erstes ein langsamer Boston.«

Ein Stubenmädchen trat hinzu und bot Ungarwein und Konfekt an. Amélie langte zu, als wäre sie am Verhungern.

Ein Arm griff über ihre Schulter: »Lassen Sie mir auch noch ein Stückchen!« lachte Prinz Trubetzkoj. »Ich muß mich stärken, denn ich werde Klebelsberg am Klavier ablösen. Baroness Bertha, gehört der erste Tanz mir?«

»Gern, sehr gern«, stotterte das Mädchen.

»Und der erste Tanz mir, Ulrike?«

»Gern, Herr Geheimrat, aber ich muß dann eine Pause machen. Ich fühle mich nicht sehr wohl.«

Den Nachsatz schien er gar nicht zu hören. Man begab sich auf die Tanzfläche.

Es blieb bei dem einzigen Tanz Goethes.

Nach einem Stündchen, als sich die Paare erschöpft setzten, ging Trubetzkoj zum Flügel.

Er schlug ein paar Moll-Akkorde an und sang dann melancholische russische Volkslieder.

Wieder entzückte seine Stimme. Auch Goethe schien beeindruckt.

»Was für ein unglückliches Volk«, sagte er. »Es weint sogar noch, wenn es singt. Es scheint nicht zwitschern, nicht jubeln zu können; das aber gehört zum Menschsein.«

Die Sonne schien wieder. Die Julitage gingen in einen warmen, heiteren August über. Wanderzeit für

Goethe. Er drängte zu Ausflügen. Gemeint war, mit Ulrike.

Aber bis zu Brösigke schien das offene Geheimnis noch nicht gelangt zu sein, denn als man die beiden Kutschen für den Ausflug zur »Kanzel« im Böhmerwald fertig machte, befahl der alte Baron seine drei Enkelinnen zu sich in seinen Wagen.

Tatsächlich machte Goethe ein verdutztes Gesicht. Schließlich kletterte er widerwillig in den Fond zu Frau von Levetzow, Graf Klebelsberg und einem Fräulein Lili Parthey, die zu einem kurzen Besuch aus Berlin gekommen war, Schülerin des alten Freundes Zelter, hübsch und von überströmendem Temperament. Sie hatte bereits ihre vollkommene Unbekümmertheit bewiesen, indem sie Goethe seit ihrer Ankunft vor vierundzwanzig Stunden wohl an die zehnmal geküßt hatte. Er war hin und her gerissen, genoß die Küsse nach Überwindung des ersten Staunens mit Freude und Unruhe, war aber auf das peinlichste berührt, wenn es in Gegenwart Ulrikes geschah. Und es geschah mehrmals. Das Verwirrendste war für ihn, daß Ulrike davon keine Notiz nahm.

Die Levetzow-Töchter im ersten Wagen schienen sehr vergnügt zu sein. Man hörte sie singen. »Es waren zwei Königskinder«, »Ach, wie ist's möglich dann, daß ich dich lassen kann« und schließlich, nachdem sie alle Strophen durchgezwitschert hatten, »Sah ein Knab' ein Röslein stehn«.

Das schöne Fräulein Parthey lächelte Goethe an. »Bald«, sagte sie, »wird das Heideröslein so bekannt sein, daß man sich nicht mehr entsinnen wird, wer es gedichtet hat.«

»Wenn ein Lied«, antwortete Goethe, »zu einem, wie es Herder genannt hat, Volkslied geworden ist, hat der glückliche Dichter die höchste Stufe errungen, die er erreichen kann.«

»Aber er hat seinen Vaternamen dafür hingegeben.«

»Das macht nichts.«

»Würde es auch Ihnen nichts ausmachen?«

»Nein, nichts. Der Dichter hat die Berufung, das Volk aus seiner Stummheit zu erlösen. Wenn dem einfachen Erdgeborenen in Freude oder im Leid die Worte fehlen, muß der Poet sie ihm parat geben. Das geht weit über das Ästhetische hinaus, es ist eine Mission, meine liebe Lili.«

»Hat Herder das Wort Volkslied geprägt?«

»Ja.«

»Und gerade sein Heideröslein ist kein Volkslied geworden.«

»Welches Heideröslein?« fragte Goethe erstaunt.

»Herders! Voriges oder vorvoriges Jahr ist sein Gesamtwerk gedruckt worden ...«

»Vierzig Bände. Ich weiß.«

»Da hat man es gefunden. Und die ›Berlinischen Nachrichten‹ haben es neben Ihrem abgedruckt.«

Goethe wurde nervös: »Was denn, zum Kuckuck?«

Lili schlug die Hände über dem Kopf zusammen. »Ja, ist es denn möglich, mein allerliebster Geheimrat? Sind Sie ahnungslos?«

»Vollständig«, sagte Goethe steif.

»Herder hat auch ein Heideröslein! Wollen Sie es hören?«

Er antwortete nicht.

Sie zitierte:

»Es sah ein Knab ein Röslein stehn,
Röslein auf der Heiden.
Sah, es war so frisch und schön,
und blieb stehn, es anzusehen,
und stand in süßen Freuden.
Röslein, Röslein, Röslein rot,
Röslein auf der Heiden.«

»Das ist holprig«, murmelte Goethe.

Lili fuhr fort:

»Der Knabe sprach: ›Ich breche dich,
Röslein auf der Heiden.‹
Röslein sprach: ›Ich steche dich,
daß du ewig denkst an mich,
daß ich's nicht will leiden.‹«

Goethes Miene verfinsterte sich.

»Weiter!« sagte er.

»Doch der wilde Knabe brach
das Röslein auf der Heiden:
Röslein wehrte sich und stach,
aber es vergaß danach
beim Genuß das Leiden.«

Nach einer Weile des peinlichen Schweigens fragte er: »Wie war das? ›Aber *es* vergaß‹ oder ›*er* vergaß‹?«

»Es vergaß.«

»Wirklich?«

»Aber ja. Es. Das Röslein!«

»Pfui«, sagte Goethe leise, und dann noch einmal: »Pfui!«

Lili begriff nicht. Sie fuhr fort: »Onkel Zelter hat mir zwar verboten, Ihnen zu erzählen, was noch in der Zeitung stand, aber ich meine, Sie sollten es doch wissen.«

Goethe schien nicht zu hören.

»Herder«, sagte Lili, »soll gesagt haben, daß es ein elsässisches Volkslied sei und daß Sie es sich zu Unrecht angemaßt hätten.«

Goethe starrte sie an.

»Sind Sie sehr gekränkt, Herr Geheimrat?«

»Ja, ich bin sehr gekränkt«, sagte er mit zitternden Lippen.

Er blickte stumm in die Ferne.

Frau von Levetzow wurde ängstlich:

»Nicht doch, nicht doch, lieber Freund! Wer weiß, ob Herder es wirklich gesagt hat.«

Goethe nickte, und er sprach mehr zu sich selbst als zu den anderen, als er antwortete:

»Es ist Hohn auf meine Jugend. Hohn auf Sesenheim. Pfui.«

Und, nach einer Weile:

»Herder! Es würde passen. Oberpriester Generalsuperintendent Herder, der über die Ursache des gesunkenen Geschmacks schrieb. Und dann diese

Zeile! Wie kann man einen Gedanken so beschmutzen!«

»Es war nicht mein Wunsch«, sagte Lili, »Sie traurig zu machen.«

»Ja, ja. Schon gut, mein Kind.«

Graf Klebelsberg schien bewegt von dem, was auch für ihn neu war. Er beugte sich von seinem Rücksitz zu Goethe vor.

»Feinde sterben einmal, Freunde mitunter zweimal.«

Goethe nickte: »Unser Verhältnis war zum Schluß gestört. Fast schien es mir, als konnte Herder nicht verwinden, daß er alles, was er erreicht hatte, durch Weimar – nennen wir es beim Namen – durch mich geworden war. Der Undank ist immer eine Art Schwäche.«

Nach einer Weile fuhr er fort: »Was soll ich dazu sagen? Schiller und Wieland haben nie dieses Empfinden gehabt. Weimar ist ja erst durch sie alle zu dem Weimar geworden, das strahlte. Der Magnet –«

»– waren Sie.«

»Nein. Der Magnet war der Großherzog. Schiller, Herder, Wieland sind tot, Serenissimus ist alt, ich bin alt ...«

Frau von Levetzow wollte auffahren, aber Goethe winkte ab.

»– alt, und Sie, die Sie alle viel jünger sind, werden noch erleben, daß Weimars Stern erlischt.«

»Ach, mein allerliebster Freund«, stotterte Frau von Levetzow, »was sind das für Gedanken! So dürfen Sie nicht sprechen. Sie verjüngen sich mit der Jugend, niemand beobachtet das besser als ich. Sie sind ein Fünfziger oder Sechziger, und eines Tages –«

»Eines Tages wird der Traum zerplatzen. Ich ahne es.«

»Welcher Traum?«

Goethe hob abwehrend die Hand. Es schloß die Augen und schwieg.

»Wie fühle ich mich schuldig«, rief Lili, »durch meine Erzählung alle betrübt zu haben. Dieser dämliche Herder!« fügte sie erbost hinzu.

Goethe konnte sich eines Lächelns nicht erwehren, und Lili sprang entzückt auf und küßte ihn rasch auf die Wange.

Die Kutsche vor ihnen hielt.

»Ihr müßt jetzt die Führung übernehmen«, rief Brösigke, »wir kennen den Weg nicht. Amélie behauptet zwar, sie wisse ihn, aber ich traue ihr nicht.«

Der Levetzow'sche Wagen fuhr an die Spitze. Die drei Mädchen winkten, als er vorüberfuhr, und warfen Kußhändchen zu.

Goethe sah starr geradeaus.

Am Fuß der »Kanzel« stieg man aus und legte die letzte Steigung gemächlich spazierend zurück.

Die Mädchen waren vergnügt, auch Lili hatte ihre sprühende Stimmung wiedergefunden. Sie hakte Goethe unter. Er ließ es geschehen, aber seine Augen suchten Ulrike, die mit den Schwestern vorausschritt.

Der Hochwald umfing sie. Riesige Buchen ragten mit ihren ausladenden Ästen über den moosigen Weg und deckten fast den Himmel zu. Ebereschen- und Haselnußsträucher standen in einem grünen Teppich von Farnkräutern. Ab und zu zwitscherte ein Vogel in der Stille oder ein dürrer Zweig knackte unter dem Schritt eines Wildes. Es war angenehm kühl unter dem Blätterdach.

Lili zog Goethe zu einem gewaltigen Stamm und rief Ulrike herbei: »Kommen Sie, Ulrike, wir wollen sehen, ob wir drei ihn umspannen können.«

Es gelang nicht. Klebelsberg trat zwischen Goethe und Ulrike hinzu, aber Goethe schob ihn energisch beiseite. »Wir sind nicht das schwächste Glied, Graf, ergreifen Sie die Hand von Lili.«

»Nein, ich lasse mich nicht von der Seite des Geheimrats verdrängen!« rief sie.

»Es wird Ihnen nichts anderes übrigbleiben«, lachte Klebelsberg. »Das sind wohl an die sechs Meter, nicht wahr? Der alte Herr ist sicher tausend Jahre alt.«

»Nein«, sagte Goethe, »Buchen werden selten älter als drei-, vierhundert Jahre. Fichten sollen tausend Jahre erreichen. Der tropische Drachenbaum und, erstaunlicherweise, die Platane werden auf mehrere tausend Jahre geschätzt.«

»Herrlich!« rief Lili.

»Mich erschreckt das«, sagte Ulrike.

»Aber, liebes Kind, warum denn nur?«

»Es erinnert mich daran, wie klein die Spanne ist, die wir zu leben haben. Zu denken« – sie ließen den Baum los und gingen weiter, »zu denken, daß eine Platane schon zur Zeit Christi geblüht hat, daß sie Arminius, den Cherusker, erlebt, Kolumbus überlebt, Luther überlebt, alles, alles überlebt und immer gegrünt und geblüht hat, das ist für mich schauerlich.«

»Du bist ein kleiner Hasenfuß, mein Töchterchen. Als ich so jung war wie du, habe ich geglaubt, das Leben nähme nie ein Ende. Ich fühlte mich unsterblich.«

»Sie sind es geworden!« rief Lili begeistert.

»Genug«, sagte Goethe fast böse.

»Zürnen Sie mir nicht!« bat sie.

»Nein, nein. Aber genug.«

Sie beugte sich vor und küßte ihn schnell.

»Tolles Mädchen!« rief Goethe, »Sie bringen mich aus der Contenance!«

Alle lachten.

»Was sind das für Sitten, die Sie uns da aus Berlin mitbringen!« sagte der alte Brösigke etwas vorwurfsvoll.

So kam man auf der »Kanzel« an. Ein freier, wiesiger Vorsprung, zu dessen Füßen in hundert Metern Tiefe das weite Land lag. Man ließ sich im Grase nieder und genoß die prachtvolle Aussicht.

»Ich glaube«, sagte Goethe nach einer Weile, »wir müssen uns vorstellen, daß das ganze Tal einst die spiegelglatte Oberfläche eines Binnenmeeres war, das den böhmischen Kessel von den Sudeten und dem Erzgebirge bis zu den Karpaten ausfüllte.«

»I was!« polterte Brösigke, »Binnenmeer! Wer soll denn das glauben? Ist das Gewißheit oder Ihre Theorie?«

»Das ist meine Theorie, lieber Baron.«

»Und woher soll das Zeugs, das Wasser, gekommen sein?«

»Die Folge der Eiszeit.«

»Hat das Eis die Gebirge überstiegen?«

»Es gibt genug Einbrüche zwischen den Gebirgszügen.«

»Und wo ist das Zeugs, das Eis oder Wasser, hingekommen?«

»Es ist abgeflossen. Das Elbsandsteingebirge, dieses seltsame Gebilde, ist gewiß nicht durch einen mittelgroßen Fluß wie die heutige Elbe entstanden. Es ist durch ein gewaltiges, strudelndes Abströmen so ausgewaschen worden. Was ist daran unwahrscheinlich?«

»Lieber Herr Geheimrat«, warf Klebelsberg ein, »wir müßten im Talkessel gegen Süden und Südwesten Endmoränen, Gletscherschutt finden.«

»Laßt uns suchen«, erwiderte Goethe lapidar.

»Ach, du lieber Gott!« stöhnte Amélie. »Jetzt gleich?«

»Kind!« rief Frau von Levetzow.

Sei es, daß Amélie Goethes Aufforderung ernst genommen oder es nur vorgetäuscht hatte, sie beeilte sich, abzulenken: »Hat es damals schon Menschen gegeben?«

»Was für eine Frage!« staunte Ulrike. »Es hat immer Menschen gegeben.«

»Seit dem Paradies, meinst du?«

»Jawohl. Seit der Schöpfung.«

Goethe lächelte: »Wie kraus sieht es nur in den Köpfen von jungen Damen aus! Wie erstaunlich, daß es sich damit gut leben läßt.«

»Aber es hat doch damals, als das alles hier ein Meer war, Menschen gegeben?« beharrte Ulrike.

»Klar!« polterte der alte Brösigke, »aber sie hatten

wenig Ähnlichkeit mit uns. Sie waren am ganzen Körper behaart, und aus dem Gesichtswald ragten nur die Augen, die Nase und der Mund hervor. Sieh mal, Ulrike, da unten am Ufer badet gerade der Vorfahr des Herrn Geheimrat. Er sieht wie ein zottiger Bär aus, gilt aber als schöner, starker Mann. Gestern hat er dich zum Weibe genommen. Er ist zu mir gekommen, hat mir drei Wildkaninchen gebracht, auf dich gedeutet und gesagt: ›Will haben.‹ Ich habe dich ihm gegeben, denn er war sehr berühmt. Er war der Oberzauberer, und sein Gedicht ›Faust‹ war einmalig. Willst du hören, wie es lautete?«

»O ja!« jubelte Amélie.

Ulrike runzelte die Stirn: »Nur, wenn es den Herrn Geheimrat nicht kränkt.«

»Wie denn! Wer spricht denn von Ihnen, lieber Freund? Ich versetze uns zwanzigtausend Jahre zurück!«

»Hatte man denn damals schon eine Sprache?« staunte Ulrike.

»Natürlich! Sonst hätte er ja nicht dichten können.«

»Schießen Sie los!« lachte Klebelsberg.

»Das Gedicht? Es lautete:

Bu aliu schosche.
Ki aliu baubau.
Rara aliu lack.
Lack mebe pul.
Sa sela bum.«

Lili klatschte vor Vergnügen in die Hände.

»Das«, lachte Klebelsberg, »müssen Sie nun auch übersetzen!«

»Natürlich. Es heißt:

Ziege meine gut.
Ziege Milch süß.
Weib meines süß.
Niemand stehlen,
sonst Faust meine.«

»Verzeihen Sie, Großvater, aber so ein Unsinn!« empörte sich Ulrike.

»Aber nein«, wehrte Goethe ab und lachte herzhaft, »das ist doch geistreicher, als du glaubst, mein Herz. Eines Tages werden wir wirklich Zeugnisse aus jener grauen Vorzeit finden, und so eine Art Faust wird schon darunter sein. Oder ein Raffael, dessen Striche oder Kratzer in die Höhlenwand man bewundert hat.«

Damit war es nun aus mit den ernsthaften Gesprächen, die Goethe so gern geführt hätte.

Beim Abstieg vergnügten sich Lili, Amélie und Klebelsberg damit, sich häusliche Höhlenszenen vorzuspielen und das Faust-Gedicht zu vertonen und zu singen.

Man bestieg wieder die Wagen und kam gegen Spätmittag in Marienbad an.

Goethe war bester Stimmung und schlug vor, die ganze Gesellschaft möge bei ihm speisen.

John bestellte in aller Eile ein vorzügliches Menü, und Stadelmann rückte Tische zu einer Tafel zusammen, die er mit Silber deckte und mit Blumen schmückte.

Nach dem ersten Gang erhob Goethe sich: »Meine reizenden Damen, meine lieben Freunde! Es war ein schöner Vormittag. Hoffen wir, daß auch derjenige, dessen ich mit diesem Glase ehrerbietig gedenken möchte, noch viel Freude und Glück nach den schweren Schicksalsschlägen der vergangenen Jahre erleben möge. Er feiert heute seinen Geburtstag! Es lebe der König von Preußen!«

»John, das war ein langer Tag. Wir müssen im Tagebuch genauer sein. Auch wenn ich nicht alles diktiere, notiert es für Euch. Heute wollen wir einmal ausführlich berichten.

Also: Datum etcetera. Früh aufgestanden, schöner Morgen. Dampfende Berge, die sich in der Ferne in der Luft verzogen.«

»Verzogen?«

»Verzogen, jawohl. Ist das ein unübliches Wort?«

»Ich fürchte, Herr Geheimrat.«

»Ich fürchte es nicht. Weiter: Fortdauernde Tendenz des oberen Himmels –«

»– oberen Himmels?«

»– zur Wasserverneinung und Zirrusbildung. Heute keinen Brunnen getrunken. Abfahrt mit zwei Wagen zur ›Kanzel‹ mit Brösigke, Levetzows und Klebelsberg. Auch Lili Parthey dabei. Sie hat mich, ich gestehe es, fast verwirrt. Über den Kreuzbrunnen nach Hause. Mittagsmahl bei mir. Der Großherzog kam spät von der Jagd und gab erst gegen neun Uhr seinen Empfang zu Ehren des Geburtstags Friedrich Wilhelms III. Auf dem Wege zu ihm sprach mich ein unbekanntes Frauenzimmer an. Auf der Terrasse bei Windlichtern Gespräche mit General Schack und General Manteuffel über Kanal, der die Communication von Süden nach Norden im russischen Reiche möglich macht. Bedauerlicherweise den Damen absorbiert. Stadelmann inzwischen die ausgefressenen Steine gepackt.«

»Ausgefressen?«

»Ausgefressen. Ist die Korrespondenz für meinen Sohn hinausgegangen?«

»Heute mittag.«

»Gut. Das ist alles. Gute Nacht.«

Als er allein geblieben war, löschte er die Lichter bis auf eines. Er goß sich ein Gläschen Wein ein und zog sein geheimes Heftchen heraus. Seine Miene war geradezu vergnügt, als er zu schreiben begann.

»Zum Teufel mit allen russischen Kanälen! Was für ein konfuser Tag war das! Zuerst dieses Machwerk von Herder, dann die kunterbunten Gespräche auf der ›Kanzel‹. Ich hätte gern System hineingebracht, aber die Gesellschaft hatte nur Sinn für Kindereien. Besonders der alte Brösigke. Hätte ich ärgerlich sein müssen?

Hör mich an, mein allerliebstes Treugesicht! Wenn du bei mir bist, versinkt die Welt, das hast du gefühlt, nicht wahr? Und wenn ich bei dir bin, dann fließe ich in dich ein. Du warst so klug und verständig, du hast auch meine Theorie von dem Eiszeit-See begriffen, mein Herz. Was werde ich aus dir machen! Du siehst, daß die Liebe immer ein wenig impertinenter Natur ist! Ein

Leben neben dir, wie unausdenklich göttlich wird es sein. Unsere Gedanken werden eins sein, und unsere Körper werden eins sein. Ich will es dir bekennen: ich schmelze in der Glut, die du entfacht hast.

Gestehe, mein geliebtes Wesen: Du siehst dich oft schon in Weimar? Ich habe wohl gemerkt, wie du von Zeit zu Zeit zögernd fragtest.

Ich will unser Haus zu einem Elysium machen.

In den letzten Jahren war es oft die Hölle. Die Zwietracht wohnt unter dem Dach und hat mich davongejagt, überallhin. Die Hoffnungen, die ich auf meinen Sohn setzte, sind zerronnen. Das Haus am Frauenplan ist kalt und öde geworden. Oft habe ich mich in mein Gartenhaus gerettet. Wenn du in den dunklen Abendstunden davor gestanden hättest, so würde dich ein friedliches Bild getäuscht haben. Hinter einem Fenster im ersten Stockwerk brannte ein einsames Licht, und du würdest geglaubt haben, daß der von der Welt geehrte Mann dort oben in Glück und Harmonie über die weißen Bogen Papier gebeugt sitzt und mit seiner ›Dichtung und Wahrheit‹ die besonnte Legende seines Lebens schreibt.

Mein Treugesicht, mein Engel! Welch elendes Trugbild. Dort oben ging ein Mann, der sich alt und müde fühlte, ruhelos auf und ab. Und woran er dachte? An das Ende. On finit pour se trouver seul.

Was war mir das Leben gewesen? Es war vergangen zwischen Sturm und Drang, zwischen eitler Arbeit und eitler Pose. Die Frauen haben mich genarreteit, und ich habe die Frauen genarreteit. Glaube nicht, mein Herz, daß ich viel geliebt habe. Es lag an mir. Meine Idee von den Frauen ist nicht von der Wirklichkeit abstrahiert, sondern sie ist mir angeboren oder in mir entstanden. Meine dargestellten Frauencharaktere sind alle besser, als sie in der Wirklichkeit anzutreffen waren. Nur Christiane ward mir gegeben. Mag die Nachwelt, wenn sie sich mit mir beschäftigt, weiter rätseln; du sollst wissen, daß ich in Wahrheit gedarbt habe. Es lag an mir. Zeus hat wenigstens geraubt, was er sich wünschte; ich habe nie den Leichtsinn besessen, obwohl ich mir in der Jugend das Gehabe gab. Ich habe auch – laß es mich dir beichten – Friederike Brion nicht besessen.

Ich habe sie lediglich unglücklich gemacht.

Werther! Das war ich in der Jugend.

Als der Ruhm kam, kam mit ihm schleichend auch das Altern. Altern, Enttäuschung, Krankheit.

Der alte Mann, der da oben in seinem Gartenhaus auf und ab wandert, weiß nicht mehr, wo die Jahre geblieben sind. Er sieht nur, daß er unaufhaltsam auf das dunkle Tor, die letzte Tür zugeht. Ich habe nicht hundertmal, ich habe tausendmal an den Tod gedacht.

Was konnte das Ende abwehren? Nichts. Ich wohnte in stiller Traurigkeit über meinen Gefilden. Ich schrieb weiter. Sobald die hoffnungspendende Sonne untergegangen war, kam das Grauen. Ich bin nicht so stark, wie ich der Welt scheine.

Mein Liebling, erschreckt es dich? Es braucht dich nicht zu ängstigen, denn ich bin neu erstanden, neu geboren, neu mit dem Atem des Lebens beschenkt. Seit ich dir begegnet bin, sind die Jahre von mir abgefallen, ich bin wieder jung.

Der Begriff, den ich mir von dir in dem kurzen Zeitraum vollständig bilden konnte, ist ein reicher Gewinn für das ganze Leben. Eine Erscheinung wie dich gegen das Ende seiner Tage zu erleben, gibt die Empfindung, als wenn man bei Sonnenaufgang stürbe und sich noch recht mit inneren und äußeren Sinnen überzeugte, daß die Natur ewig produktiv, bis ins Innerste göttlich lebendig und keinem Alter unterworfen sei.

Sprach ich von dem dunklen Tor? Welches Tor? Heute sehe ich es nicht mehr; ich sehe eine Flügeltür, die in eine sonnenbeschienene Landschaft führt. Mir ist, als hätte ich das Blut gewechselt; als flösse deines in meinen Adern. Dein junges, frühlingshaftes Blut.

Ich denke nur noch an das Leben. Meine Zukunft ist nicht mehr das Dunkel, meine Zukunft ist leben, leben, leben!

Liebe mich! Liebe mich recht stark. Je stärker du mich liebst, desto jünger werde ich.

Gib mir in Gedanken deine Hand. Laß deine Stimme hören, die mich immer aufs neue so entzückt.

Du schläfst jetzt. Ich wache. Ich wache, denn die Sehnsucht läßt mich noch nicht schlafen.

Welch süße ›Schlaflosigkeit‹.

Morgen werde ich unausgeschlafen sein. Das ist nicht gut; der Jugend merkt man es nicht an, wohl aber dem älteren Menschen. Solltest du es morgen bemerken, wisse gar wohl, er hat den Schlaf, der vergessen macht, gemieden, um nicht zu früh von dir getrennt zu sein.«

V

Frau von Levetzow hatte den Frühstückstisch unter der Linde decken lassen. In der Mitte prangte der Blumenstrauß, den Goethe täglich hinübersandte.

In der Tat, Goethe sah etwas abgespannt aus. Aber er fühlte sich wohlauf und machte sogar gute Miene, als er am Kaffeetisch bereits Prinz Trubetzkoj entdeckte.

»Am Brunnen vor dem Tore, da steht ein Lindenbaum; ich träumt in seinem Schatten so manchen lieben Traum«, sagte Frau von Levetzow warm.

»Was ist das?« fragte Goethe verwundert.

»Das ist der Anfang eines neuen Gedichts von Wilhelm Müller.«

»Hold und innig. Wieviel tüchtige Männer da sind und wieviel bald vergessene Namen. Aber mich deucht, dieses Poem wird bleiben, vor allem, wenn es ein guter Musiker vertont. Es eignet sich so recht zum Singen.«

»Unsere Linde hier«, sagte Ulrike, »ist auch besonders schön. Bei uns zuhause sind sie höher gewachsen, haben aber nicht so volle Kronen. Es wird wohl eine andere Gattung sein.«

»Das glaube ich nicht, mein Töchterchen. Bei Linden kommt alles darauf an, wie man sie zieht. Man muß ihnen anfangs den Wipfel wegschneiden und alle schönen Äste, daß sie neuen Trieb bekommen, sonst sterben sie später von oben herein. Freilich stehen sie, so beschnitten, die ersten Jahre wie Stangen da. Ich habe in Weimar selbst danach gehandelt.«

»Der Gärtner«, verbesserte Amélie ihn.

»Nein«, lächelte Goethe, »ich selbst. Deine Schwester hat sehr gut beobachtet, ich bin von solchen Dingen recht angetan.«

Trubetzkoj wandte sich an ihn: »Die Linde ist der Lieblingsbaum der Deutschen, nicht wahr? Oder die Eiche?«

»Die Linde. Sie geht ihnen ans Gemüt. Die Eiche ist zu einem Symbol geworden, einem Wunschsymbol. Sie macht nicht heiter im Geiste.«

»Mir scheint, die Frage ist, ob die Linde die Dichter und Sänger angeregt hat, oder ob die Dichter die Linde erst zu dem gemacht haben, was sie den Deutschen bedeutet.«

»Lieber Prinz, das ist die Frage von dem Ei und der Henne, wer war eher da?«

Trubetzkoj lachte: »Der Hahn.«

Das schien auch Goethe zu amüsieren. »Ist in Rußland ein Baum besonders geliebt?«

»Mein Onkel würde antworten: der Stammbaum. Leider.«

»Sie haben mit dem ›leider‹ ganz recht«, ereiferte sich Amélie, »was ist eigentlich der Adel?«

»Wir«, zwitscherte Bertha, »stammen doch alle vom ersten Menschen ab.«

»Gut, gut«, Amélie wischte die Bemerkung weg. »Ich frage ernsthaft! Habe ich etwas geleistet, um Baronesse zu sein? Es sollte keinen erblichen Adel, es sollte nur persönlichen geben. Dann wüßte man, daß der Betreffende Verdienste hat.«

»Mein liebes Kind«, sagte Goethe, »das sind so vorschnelle Urteile.«

»Aber Sie selbst, Herr Geheimrat, sind doch das beste Beispiel für meine Behauptung.«

»Bedenke jedoch auch, Amélie, daß gerade der tüchtige Mann des Adels nicht bedarf. Ich gestehe: Als man mir das Adelsdiplom gab, glaubten viele, wie ich mich dadurch möchte erhoben fühlen. Allein, unter uns, es war mir nichts, gar nichts! Wir Frankfurter Patrizier hielten uns immer dem Adel gleich, und als ich das Diplom in Händen hielt, hatte ich in meinen Gedanken eben nichts weiter, als was ich längst besessen. Wenn man mich zum Fürsten gemacht hätte, würde ich es nicht eben sonderlich merkwürdig gefunden haben.

Wir wollen auch nie vergessen: Es ist ganz einerlei, vornehm oder gering zu sein; das Menschliche muß man immer ausbaden.

Ich hatte vor der bloßen Fürstlichkeit, wenn nicht zugleich eine tüchtige Menschennatur und ein tüchtiger Menschenwert dahinter steckte, nie viel Respekt.

Ich will Ihnen davon eine Geschichte erzählen. Als die Großherzogin noch in hübscher Jugend war, befand ich mich dort sehr oft. Ich saß eines Abends bei ihr alleine am Teetisch, als die beiden zehn- und zwölfjährigen Prinzen, zwei hübsche blondlockige Knaben, hereinsprangen und zu uns an den Tisch kamen. Übermütig, wie ich sein konnte, fuhr ich den beiden Prinzen mit meinen Händen in die Haare mit den Worten: ›Na, ihr Semmelköpfe, was macht ihr?‹ Die Buben sahen mich mit großen Augen an, im höchsten Erstaunen über meine Kühnheit, und haben es mir später nie vergessen.«

»Eben, eben!« rief Amélie empört. »Welche Arroganz ohne Verdienst! Genau deshalb ist der persönliche Adel vorzuziehen.«

»Das sagtest du schon einmal, mein liebes Kind, und ich habe dich mit meiner Geschichte ganz unfreiwillig unterstützt. Jedoch gibt es auch gegen deine Auffassung Beispiele. Ich weiß nicht, ob die frühere Gräfin Lichtenau jemals zu deinen Ohren gekommen ist. Sieh: Diese Dame war die Tochter eines Musikus. Dann heiratete sie einen Kammerdiener; darauf wurde sie die Maîtresse Friedrich Wilhelms II. von Preußen, der sie in den Grafenstand erhob. Da hast du deinen persönlichen Adel.«

»Infam!« rief Ulrike.

»Dein Empfinden, mein Töchterchen, ist recht heftig, aber durchaus richtig. Jedoch hat der Tod und das Vergessen den fauxpas bereits ausgelöscht. Nun ahnst du wohl auch, daß der wahre Adel kontinuierlich sein mag.«

»Aber er sollte etwas erfüllen. Er hat die Verpflichtung, Vorbild zu sein!« rief Amélie.

Trubetzkoj wiegte betrübt den Kopf. »Das«, sagte er, »wäre mein Todesurteil. Ich bin kein Vorbild, ich bin eher das Gegenteil. Ich bin mir dessen auch bewußt. Aber was soll ich machen? Auf unseren Gütern den Mais schneiden? Meinen Sie das, Baroneß Amélie?«

»Ich weiß nicht. Ich weiß gar nichts mehr. Helfen Sie mir doch, Herr Geheimrat!«

»Mich, gerade mich rufst du an? Sieh, Amélie: Man soll nichts über Bord werfen, ehe man etwas Besseres hat. Überlieferung, Tradition sind kein Fels, auf den man bauen kann, aber auch kein Treibsand.«

»Ein schönes Wort, Exzellenz!« sagte Trubetzkoj. »Wenn ich an mich und ähnliche unnütze Kerle denke, fällt mir zum Glück immer ein Satz meines Onkels ein, als er früher einmal Gouverneur eines Bergwerksdistrikts war und auf diesem Posten nur faulenzte. Er sagte: Jedes gesunde Unternehmen muß einen Faulpelz vertragen können.«

»Man kann Ihnen«, lachte Frau von Levetzow, »wirklich nicht böse sein.«

»Das ist ja gerade das Schlimme, teuerste Baronin. Wäre ich ein düsterer Geselle, so würde man mir sehr wohl böse sein. Nun aber wollen Sie mir nicht einmal Gerechtigkeit widerfahren lassen und mich aburteilen.«

»Wie der Prinz das dreht!« staunte Ulrike. »Jetzt sind wir schuld, daß wir ihn frei von Schuld sprechen!«

»Mein Liebes«, sagte Goethe, »wir sind in der Tat in gewissem Sinne schuld. Dem Prinzen ergeht es wie einem liebreizenden schönen Mädchen, bei dem wir auch die Fünf eine gerade Zahl sein lassen. Was entschuldigt eigentlich Schönheit? Nichts. Dennoch sind wir stark in unseren Gefühlen berührt. Und – wie ich gleich hinzufügen möchte – mit voller Berechtigung. Es gibt eine Schönheit, will sagen regelmäßige Züge, die uns durchaus nicht genügt. Wenn aber die Schönheit mit Innerlichkeit, mit Liebreiz gepaart ist, so können wir überzeugt sein, daß ein Verdienst der Trägerin hinzugekommen ist. Eine schöne Seele hat die äußerliche Schönheit veredelt.«

»Die schöne Seele«, überlegte Ulrike, »ist aber doch auch kein Verdienst.«

»Man kann eine schöne Seele gehabt haben und sie verkümmern oder durch die alltäglichen Widrigkeiten verhärten lassen. Wer sie sich bewahrt, hat ein Verdienst. Ganz ohne Zweifel macht der Wille zum Guten und Menschlichen viel aus. Sieh auch Prinz Trubetzkoj so an. Ein anderer Charakter an seiner Stelle sähe anders aus. Sie, Prinz, sind gewillt, gut, froh und human zu sein. Ich glaube nicht, daß ich Sie falsch sehe.«

»Ich begreife, Exzellenz«, lachte Trubetzkoj vergnügt, »ich stehe etwa auf der Stufe eines liebreizenden Mädchens und genieße dieselbe Nachsicht.«

»Genau«, sagte Goethe amüsiert.

In dieser vergnügten Gesellschaft tauchte unerwartet der Großherzog auf. Er bog gerade um die Hausecke, breitbeinig gemächlich und eine Tabakspfeife qualmend.

Man erhob sich.

»Bleiben die Damen doch sitzen«, sagte er an den Tisch tretend, »und bitte meinen Kohlenmeiler zu entschuldigen.«

Er setzte sich, nachdem er alle begrüßt hatte.

»Heute abend will ich für ein Stündchen zur Alten Mühle fahren. Ich habe so große Lust auf schwarzes Brot und eine Schale saure Milch. Muß ich allein fahren?«

»O nein«, freute sich Frau von Levetzow, »wir würden uns ausgezeichnet fühlen, wenn wir Königlicher Hoheit Gesellschaft leisten dürfen.«

»Kommst du auch mit?« fragte der Großherzog in beiläufigem Tone Goethe.

»Sehr gern, Königliche Hoheit.«

Carl August lachte.

»Sehr gern, Königliche Hoheit«, wiederholte er spöttisch, »denn die schönen Damen sind ja dabei.«

Goethe war etwas betreten. »Nun also«, machte er gute Miene zum bösen Spiel, »das ist ein Grund mehr.«

Der Großherzog amüsierte sich und sog genüßlich an der Pfeife.

»Ich habe eine Neuigkeit! Madame Szymanowska ist in Karlsbad und kurt ein bißchen. Am 26. August gibt sie dort ein Konzert.«

»Wie schön!« rief Ulrike. »Am 26. sind wir schon nach Karlsbad übersiedelt!«

»*Was* ist das?« fragte Goethe betroffen.

Frau von Levetzow schaltete sich rasch ein: »Ein Plan, vorläufig nur ein Plan.«

»Aber ich weiß davon nichts!«

»Es wäre zu früh gewesen, davon zu sprechen, lieber Freund.«

»Ich bin ganz überrascht. Was muß ich glauben? Mir ist Marienbad lieb und teuer; Ihnen nicht?«

»Doch, doch. Aber ich gedachte, den Kindern etwas Abwechslung zu bieten. Ein Plan, lediglich ein Plan.«

»Karlsbad«, sagte der Großherzog, »ist doch schön; was ist dagegen einzuwenden? Außerdem ereignet sich dort mehr als in unserem kleinen Marienbad. Überdies kannst du ja mitfahren.«

Goethe schwieg.

»Ach ja!« rief Ulrike.

»Man wird sehen«, murmelte er. Aber er schien etwas beruhigter.

»Also!« Der Großherzog erhob sich. »Bis heute abend, so gegen sechs Uhr, auf zur Mühle, und am 26. sehen wir uns alle bei Madame Szymanowska wieder. Adieu!« Er ging.

»Wie sympathisch«, sagte Prinz Trubetzkoj, »ein Aristokrat, ein Freund, ein Mensch.«

»Er kann auch sehr heftig sein«, entgegnete Goethe sarkastisch lächelnd.

»Gott sei Dank, Exzellenz! Wie langweilig wäre die Welt ohne Temperamente! Auch ein Amt wie seines bedarf der Emotionen! Mir scheint, daß ein Mensch, der keiner Emotionen mehr fähig ist, ein resignierender Mensch ist.«

»Das Alter diszipliniert«, sagte Goethe.

»Das verstehe ich. Ich mache auch einen Unterschied zwischen gefühlten und geäußerten Emotionen. Wie war Seine Durchlaucht in der Jugend?«

»Jung«, lächelte Goethe.

Ulrike lachte. Sie wandte sich ihm zu: »Sagen Sie uns doch, lieber Herr Geheimrat, ob Sie noch einmal jung sein möchten!«

Goethe zögerte mit der Antwort. Dann sagte er sehr entschieden: »Nein, mein Liebes. Um alles noch einmal durchzumachen? Es gibt kein Vergangenes, das man zurücksehnen dürfte; es gibt nur ewig Neues, das sich aus den erweiterten Elementen des Vergangenen gestaltet.«

»O nein, ich meinte, um ein anderes, ein neues Leben zu beginnen.«

»Auch dies nicht. Ich habe ›Faust‹ geschrieben, aber ich bin es nicht.«

»Mich wundert, Herr Geheimrat, daß sich niemand, der den ›Faust‹ gelesen hat, fragt, was für ein Leben dieser Faust denn vorher geführt hat. Was war er, wie war er in der Jugend? Niemand scheint daran zu denken, daß er ja eine bürgerliche Existenz gehabt hat, aus der heraus man ihn vielleicht besser verstehen könnte. Ist das dumm gefragt?«

»Das ist sehr klug gefragt, mein Töchterchen. Aber die Antwort gibt mein Drama selbst. Faust hat sein Leben von frühester Zeit an mit Studien zugebracht. Über Folianten und Retorten, über Grübeln und Experimentieren ist ihm das Leben vergangen. Nicht er, sondern Mephisto ist es, der ihn auf das versäumte Leben aufmerksam macht.«

»Ach ja. Natürlich. Aber warum wird er so schrecklich schuldig?«

»Aus Lebensgier.«

»Ist das die Idee Ihres ›Faust‹, ich meine: sobald man dem Lebensgenuß lebt, wird man schuldig? Ist das die Idee? Ach, ich verstehe von der Dichtung ja so wenig.«

Goethe ließ seinen Blick von einem zum anderen wandern, als prüfte er, ob es sich lohne, sein Innerstes preiszugeben.

Als er sich zu antworten entschloß, sprach er sehr zögernd:

»Es war im ganzen nicht meine Art, als Poet nach der Verkörperung von etwas Abstraktem zu streben. Ich empfing in meinem Innern Eindrücke, und zwar Eindrücke sinnlicher, lebensvoller, bunter, hundertfältiger Art. Ich hatte als Poet weiter nichts zu tun, als solche Anschauungen und Eindrücke in mir künstlerisch zu runden und auszubilden und durch eine lebendige Darstellung so zum Vorschein zu bringen, daß andere dieselben Eindrücke erhielten.«

»Sie diminuieren, Exzellenz!« rief Trubetzkoj. »Niemand wird Ihren ›Faust‹ lesen, ohne die tragende Idee, diese großartige Idee zu erkennen.«

Goethe schwieg eine Weile.

Dann sagte er, die Worte wieder wohl überlegend: »Da kommt man also und fragt, welche Idee ich in meinem ›Faust‹ zu verkörpern gesucht! Als ob ich das selber wüßte und aussprechen könnte. Vom Himmel durch die Welt zur Hölle; das wäre zur Not etwas. Aber das ist keine Idee, sondern der Gang der Handlung.

Und ferner, daß der Teufel die Wette verliert, und daß ein aus schweren Verirrungen immerfort zum Bessern aufstrebender Mensch zu erlösen sei, das ist zwar ein wirksamer, manches erklärender, guter Gedanke, aber es ist keine Idee, die dem Ganzen und jeder einzelnen Szene im besonderen zugrunde liegt. Es hätte auch in der Tat ein schönes Ding werden müssen, wenn ich ein so reiches, buntes und so höchst mannigfaltiges Leben, wie ich es im ›Faust‹ zur Anschauung gebracht, auf die magere Schnur einer einzigen, durchgehenden Idee hätte reihen wollen.

Es war im ganzen nicht meine Art, ich sagte es schon, als Poet nach Verkörperung von etwas Abstraktem zu streben. Ich muß Sinnliches vermitteln.

Je unkommensurabler und für den Verstand unfaßlicher eine poetische Produktion ist, desto besser.«

Er wandte sich Ulrike zu: »Hast du mir folgen können, mein Herz?«

Ulrike war den Tränen nahe.

»Nein«, stammelte sie.

»Doch, doch!« lächelte Goethe.

Das Abendbrot in der Mühle verlief dank der guten Laune des Großherzogs und dank Klebelsberg, den man dort unerwartet traf, sehr harmonisch, auch wenn Goethe recht still war und besorgt Ulrike beobachtete, die sich das Gespräch am Frühstückstisch immer noch zu Herzen zu nehmen schien. Auch Goethe kam von den Geständnissen, die ihm entschlüpft waren, noch nicht los. Schon um Ulrikes willen bereute er sie.

Gegen zehn Uhr kehrten sie heim.

Vor dem Zubettgehen diktierte er John eine trockene Notiz für das Tagebuch. Dann setzte er sich, nahm sein Heft hervor und schrieb:

»Hätte ich mich doch verschlossen! Aber wie kann ich das vor dem lieblichsten aller lieben Geschöpfe, mit dem ich doch bald eins sein werde? Habe ich sie erschreckt? Ich kann nicht glauben, daß sie meinen Worten nicht folgen konnte. Sie war verwirrt. Mehr vielleicht: enttäuscht. Sie sieht mich in ihrer Liebe zu vollkommen und erlebte nun einen zweifelnden Menschen, einen immer noch suchenden, tastenden, statt harmonisch glücklichen.

Man hat mich immer als einen vom Glück besonders Begünstigten gepriesen; auch will ich mich nicht beklagen und den Gang meines Lebens nicht schelten. Allein, im Grunde ist es mir nichts als Mühe und Arbeit gewesen, und ich kann wohl sagen, daß ich in meinen vierundsiebzig Jahren keine vier Wochen eigentliches Behagen gehabt. Ich wähle mit Vorbedacht das Wort Behagen.

Es war das ewige Wälzen eines Steines, der immer von neuem gehoben sein wollte. Meine Annalen werden es deutlich machen, was hiermit gesagt ist. Der Ansprüche an meine Tätigkeit, sowohl von außen als innen, waren zu viele. Mein eigentliches Glück war mein poetisches Sinnen und Schaffen. Allein, wie sehr war dieses durch meine äußere Stellung gestört, beschränkt und behindert. Hätte ich mich mehr vom öffentlichen und geschäftlichen Wirken und Treiben zurückhalten und mehr in der Einsamkeit leben können, ich wäre glücklicher gewesen.

Wirklich? Ich weiß es nicht. Ich weiß es nicht. Ich weiß es nicht.

Aber ich würde als Poet weit mehr gemacht haben. So aber sollte sich bald nach meinem ›Götz‹ und ›Werther‹ an mir das Wort eines Weisen bewähren, welcher sagte: Wenn man der Welt etwas zuliebe getan habe, so sie dafür zu sorgen, daß man es nicht zum ...eiten Mal tue.

Ein weit verbreiteter Name, eine hohe Stellung im Leben sind gute Dinge. Allein mit all meinem Namen und Stande habe ich es nicht weiter gebracht, als daß ich, um nicht zu verletzen, schweigen sollte!

Aber mein Herz? Es kann doch nicht immer und ewig schweigen? Wenn man mit einem geliebten Wesen eins werden will, muß man sein Herz öffnen.

Nein, nein, es war richtig so. ›Herr Geheimrat‹ ist dein zweites Wort. Es schmerzt mich jedesmal.

Warte nur, mein allerliebstes Treugesicht, ich werde dich bald andere lehren!«

VI

In der Nacht schlug das Wetter um. Als Goethe, später als gewohnt, erwachte, regnete es in Strömen. Er hatte wenig geschlafen und fühlte sich krank. Sein Herz schlug unbändig, die Halsschlagader schien ihm zu zerspringen, und die Schläfen schmerzten ihn.

Als erstes, ebenfalls gegen seine Gewohnheit, nahm er sein Heftchen heraus und schrieb: »Schlimme Nacht.«

Er rief Stadelmann und schickte ihn zum Arzt, zugleich auf dem Wege den Damen Bescheid zu geben, daß er sich nicht wohlfühle und entschuldige.

Dr. Heidler kam und untersuchte ihn sorgfältig, wobei Goethe eine beinahe hypochondrische Besorgnis an den Tag legte. Der Arzt fragte ihn nach dem gestrigen Tag, fand aber keinen Hinweis auf etwas, was den Zustand zu erklären vermochte. Er verordnete ein Beruhigungsmittel für das Herz und eine Mixtur gegen den hohen Blutdruck. Er empfahl, sich mit einer kalten Kompresse auf der Stirn noch einmal für ein gutes halbes Stündchen hinzulegen.

Stadelmann nahm die Rezepte und eilte zur Apotheke. Eine Stunde später ließ Frau von Levetzow anfragen, ob sie den Kranken besuchen dürfe.

Sie kam allein, und Goethe war sofort mißmutig.

So ängstlich er bei der Untersuchung des Arztes gewesen war, so sehr war er gegenüber Frau von Levetzow bemüht, seinen schlechten Zustand zu verbergen. Er habe sehr wenig geschlafen und Kopfschmerzen, mehr nicht.

Wie es Ulrike ginge?

Ausgezeichnet natürlich, wie es sich bei der Jugend gehöre. Die Schwestern ließen teilnahmsvoll grüßen.

Danke. Aber die Malaise sei nicht der Rede wert. Er nehme sorgfältig die verschriebenen Medizinen und hoffe, sich rasch zu erholen, denn er habe für heute noch mehrere Geschäfte vor.

Das Wetter sei so unfreundlich.

Das müsse es auch geben. Morgen, wenn Madame es gestatte, werde er sich mit Vergnügen zur Frühstücksvisite wieder einfinden.

Frau von Levetzow war erfreut und beruhigt.

Den Vormittag benutzte er zu Korrespondenzen und Rücksendungen von Manuskripten, die ihm zugeschickt worden waren. Er bestellte sich ein bescheidenes Mahl, das sich als zu frugal erwies, denn er aß mit unvermindertem Appetit.

Dann erschien der Sekretär des Grafen St. Leu, dem er die versprochene Übersicht über seine Produktionen mitgab. Das machte einige Mühe, die aber durch die Genugtuung über die stattliche Liste aufgewogen wurde. John schrieb inzwischen die Jahre 1795 und 96 der Erinnerungen aus dem Quart ins Folio, und Stadelmann reinigte die Steine, die er vom Wolfsberg mitgebracht hatte.

Später kam Herr von Knorring zu einer kurzen Abschiedsvisite, die Goethe sichtbar erfrischte. Knorring war im Begriff, in die Schweiz weiterzureisen, und Goethe hielt einen langen Vortrag über dieses Land und seine Leute. Er wies en passant darauf hin, daß er seine Kenntnisse schon Schiller für dessen »Tell« hatte zugute kommen lassen.

Kaum war Knorring gegangen, überfiel ihn wieder die Unruhe. Er mußte immerzu an Ulrike denken und verwünschte sein Unwohlsein und den Regen.

Zu Abend aß er nichts. Er diktierte John einen umständlichen Bericht über den Tag.

Dann ging er zu Bett, stand aber nochmals auf und schrieb in sein Tagebuch den Satz:

»Jeder Augenblick ist ein Teil der Ewigkeit. Tausend Augenblicke verloren.«

Es regnete auch am anderen Morgen, erst gegen Mittag wurde es freundlicher.

Goethe hatte im Zimmer gekurt und gefrühstückt. Frau von Levetzow, die sich unpäßlich fühlte, lud ihn zum Mittagsmahl.

Goethe wäre, da er keine Herzbeschwerden mehr spürte, mit den drei Schwestern gern zur Flaschenfabrik spaziert, aber niemand hatte Lust. Er gab also bei Tisch seine Belehrungen von sich über die Glasbläserei und das Gießen in Formen. Josephinenhütte, sagte er, sei das eigentliche östliche Zentrum der Glashütten, aber Marienbad sei auch ein gutes Anschauungsobjekt.

Er wußte ziemlich viel von dem Metier, und es dauerte seine zwei Stündchen, ehe das Essen beendet war und er in den Gasthof zurückkehrte. Daß man den Spaziergang abgelehnt hatte, ärgerte ihn. Er stellte sich vor, wenigstens Ulrike hätte zusagen müssen.

Er war gerade im Begriff, sich niederzulegen, als der Leibjäger des Großherzogs gemeldet wurde.

Seine Durchlaucht bat um Goethes Besuch.

Ob Serenissimus etwas hinzugefügt habe?

Ja.

Nämlich, fragte Goethe ungeduldig.

»Daß ich nichts verraten dürfe.«

Ob es denn etwas zu verraten gäbe?

Das dürfe er nicht verraten.

Goethe machte sich auf den Weg.

Der Großherzog empfing ihn schon an der Schwelle.

»Rate!« rief er vergnügt.

»Ich bin durchaus ahnungslos, Königliche Hoheit!«

»Es ist jemand für vierundzwanzig Stunden nach Marienbad gekommen. Dieser Jemand hat sich schon in der ›Goldenen Traube‹ einquartiert, und du hast es verpaßt.«

»Ich habe mit den Levetzows zu Mittag gegessen.«

»Aha. Wie war Ulrike?«

»Frau von Levetzow fühlte sich nicht aufs beste.«

»Ich habe dich gefragt, wie sich Ulrike fühlt.«

»Ich nehme an, gut.«

»Schön. Aber irgendwie siehst du nicht zufrieden aus. Komm, du wirst es gleich werden.«

Zu Goethes Überraschung trat ihm im Salon Maria

Szymanowska entgegen. Sie breitete die Arme aus und legte sie auf seine Schultern: »Wie gut Sie aussehen, Exzellenz! Wie freut es mich!«

»Madame«, entgegnete Goethe mit großer Wärme, »welche Überraschung. Wir glaubten Sie in Karlsbad.«

»Ich komme von dort und fahre morgen früh wieder zurück. Ich ahnte nicht, daß Sie von meinem Aufenthalt dort gehört haben, und wollte Sie und Seine Durchlaucht wenigstens für ein paar Stunden sehen.«

»Ich bin gerührt. Unvergessen sind mir Ihre Konzerte in Weimar geblieben. Geben Sie mir Ihre Hand! Wie kraftvoll und fest!«

»Ja«, lachte Madame Szymanowska, »fast eine Männerhand. Ich bin sehr stolz darauf. Ich glaube, ich bin die einzige Frau, die Beethoven spielen kann, wie er es sich vorgestellt hat.«

Der Großherzog ließ Champagner und Konfekt servieren.

»Ehe ich es vielleicht noch vergesse, muß ich meine Bitte anbringen: Würden Königliche Hoheit mir die Ehre geben, etwas in mein Album zu schreiben? Euer Durchlaucht und auch Exzellenz?«

»Ach, du lieber Himmel«, stöhnte der Großherzog. »Gern, aber nach Goethe. Unterschreiben habe ich gelernt, dichten nicht.«

Goethe zierte sich noch einige Augenblicke, als müsse er nachdenken. Dann schrieb er:

»Da schwebt hervor Musik mit Engelsschwingen,
verflicht zu Millionen Tön' um Töne,
des Menschen Wesen durch und durch zu dringen,

zu überfüllen ihn mit ew'ger Schöne:
Das Auge netzt sich, fühlt im höhern Sehnen
den Götterwert der Töne wie der Tränen.
Und so das Herz erleichtert merkt behende,
daß es noch lebt und schlägt und möchte schlagen,
zum reinsten Dank der überreichen Spende
sich selbst erwidernd willig darzutragen.
Da fühlet sich – o daß es ewig bliebe! –
das Doppelglück der Töne wie der Liebe.«

»Dito«, schrieb der Großherzog darunter, »Carl August.«

Die Szymanowska lachte.

»Aber«, fuhr der Großherzog fort, »ehe Sie gehen, müssen auch Sie, Madame, mir etwas ins Album schreiben!«

»Wie?! Haben Königliche Hoheit ein Album?«

»Dort in der Ecke steht es, das Schwarze auf drei Beinen.«

»Gern. Genau so kurz wie Euer Durchlaucht?«

»Sie werden doch nicht so geizig sein? Was spielen Sie am 26. in Karlsbad?«

»Diesmal nur Beethoven-Sonaten. Ausschließlich. Ich schmelze vor diesem Genie. Leider bin ich ihm nie begegnet. Sie, Exzellenz?«

»Ja«, sagte Goethe, »in Teplitz.«

»Und?« fragte die Szymanowska begierig.

»Nichts weiter, Madame.«

»Unmöglich!« rief die Szymanowska. »Wenn zwei solche Männer zusammentreffen, ist das eine Sternstunde der Menschheit!«

»Sie ehren mich, Madame.«

»Was haben Sie gesprochen? Sie müssen doch mit ihm gesprochen haben!«

»Nichts Wesentliches. Wenige Sätze.«

»Verstehen Durchlaucht das?« fragte sie ratlos.

Der Großherzog nickte: »Ich kann es begreifen. Sehen Sie, Madame: Planeten ziehen ihre Bahn, sie haben die gleiche Sonne, wenn ich es einmal so ausdrücken darf, aber sie berühren sich nicht. Kleine Meteore stürzen sich auf sie.«

»Ja, ja, das ist wohl richtig. Aber schade! Schade! Welche Konstellation der Sterne!«

Goethe schüttelte den Kopf.

»Sie sind, beste Freundin, in der gleichen Vorstellung befangen wie fast alle Menschen. Wenn Sie mich schon auf eine Stufe mit Beethoven stellen, so müssen Sie bedenken, daß bei der menschlichen Unzulänglichkeit zwei gleiche Größen keinen Raum für ein Bereichern der Kräfte zulassen; ja, ich scheue mich nicht zu sagen, daß aus wenig schönen Motiven sogleich eine Abkapselung stattfindet. Mit einem Wort: Man hat sich nichts zu sagen.«

»Unglaublich! Erschütternd! Aber wenn Sie es so fühlen, wird es wohl so sein. Spielt da nicht leider auch etwas Trotz mit?«

»Wahrscheinlich. Ich könnte mir denken Trotz, Stolz und Scheu – so sehr verschieden diese drei Regungen auch sein mögen. Scheu übrigens nur bei mir. Beethoven war nicht scheu. Dazu ist er zu rasend.«

»Rasend? Um Himmels willen, Sie setzen mich immer mehr in Erstaunen, Exzellenz!«

»Man kann ihn nicht anders bezeichnen. Was so auf der Kippe steht, muß sterben oder verrückt werden, da ist keine andere Gnade.«

Goethe sagte das in aller Ruhe.

Frau Szymanowska war aufs höchste erregt.

»Sie sehen in ihm ja geradezu einen Dämon!«

»Sie nicht?«

»Er ist Feuer, Feuer! Ein Vulkan. Aber doch kein böser Geist!«

»Böser Geist? Madame, ich muß Sie korrigieren. In Griechenland war ein Dämon ein Mittelding zwischen Gott und Mensch, er konnte sowohl gut wie böse sein. Ich würde heute Dämonie als göttliche Wildheit begreifen.«

Madame Szymanowska ließ ergeben die Hände sinken.

»Er kann so zart sein«, sagte sie.

»Möglich, Madame. Dazu kenne ich ihn zu wenig.«

»Hat er Ihnen nicht vorgespielt?«

»Sehen Sie, da haben wir es! *Ich* habe ihm natürlich nichts vorgetragen, er aber –«

»Das ist doch verständlich, Exzellenz! Er kann Ihre Werke lesen, für Sie aber sind seine Partituren stumm! Er wollte sprechen, er wollte zu Ihnen sprechen!«

»Der Gedanke ist schön, Madame, es ist wahr: Die Würde der Kunst erscheint bei der Musik am eminentesten, weil sie keinen Stoff hat, der abgerechnet werden müßte. Sie ist ganz Form und Gehalt, und sie erhöht und veredelt alles. Sie muß zum Ertönen gebracht werden, wie die Sprache. Sie sind sehr scharfsinnig,

Madame. Sie müssen aber auch wissen, *wie* er zu mir gesprochen hat.«

»Nämlich?«

»Er spielte mir die Pathétique vor. Ich konnte es kaum ertragen.«

»Wirklich? Wie ewig schade! Seine Werke sind Zwiegespräche mit Gott!«

»Das fühlte ich erschreckend. Ich kann es nicht ertragen, daß mich jemand mit seinem Zwiegespräch mit Gott überfällt.«

»Aber Sie hörten ihn doch wohl bis zu Ende an?«

»Aus Achtung, Madame.«

»Und dann?«

»Dann reichte ich ihm die Hand und sagte: Bedarf ich eines Gottes, so ist dafür gesorgt.«

»Verstand er es?«

»Er antwortete nichts.«

Nach längerem Schweigen seufzte Frau Szymanowska: »In Karlsbad werde ich auch die Pathétique spielen. Sie werden nicht kommen, Exzellenz?«

»Können Sie mir verzeihen?«

»Mein Lieber«, sagte der Großherzog, »verrede es nicht. Die Kinder werden da sein, auch Ulrike.«

»Man wird durchaus sehen«, antwortete Goethe.

»Nun gut, dann sieh!« brummte Carl August. »Heute abend würde ich gern dich und die Levetzows zu Ehren von Madame zum Essen sehen. Vielleicht auch Klebelsberg und Nostitz. Und nicht versäumen: Graf St. Leu. Übernimmst du das?«

»Mit Vergnügen.«

Goethe fühlte sich an diesem Abend glücklich. Er aß, wie immer zu dieser Stunde, wenig, er sprach auch wenig. Es drehte sich natürlich alles um die Szymanowska. Das war insgesamt langweilig. Aber er hatte viele Male Gelegenheit, Ulrikes Hand zu halten und auch ein paar Minuten allein mit ihr zu sprechen.

Sie fragte, ob in Weimar auch ein Pianoforte stünde, eine Frage, die ihn sofort in Feuer versetzte.

Natürlich besaß er ein Pianoforte.

Ulrike seufzte. Bei ihr zuhause gäbe es leider nur ein Spinett.

Ein Spinett? Das sei sehr heilsam zum Lernen; es verböte das unsaubere Verwischen der Töne.

Aber es klinge so nüchtern, so kühl.

Während sie die Wärme liebe?

O ja, überall im Leben.

Sie würde sie erfahren, er würde dafür sorgen.

Er? Wie er das könne?

Man werde sehen.

Aber in wenigen Tagen schon müßten sie sich trennen. Am 18. führe sie mit Maman und den Schwestern nach Karlsbad.

Goethe war betroffen. So bald schon?

Dann lachte er.

Dennoch! Bis dahin werde noch einiges geschehen.

Ulrike war neugierig, aber er lächelte und schwieg.

Ein glücklicher Abend.

Wie wenig es bedarf, dachte er.

In dieser Nacht schlief er so gut, daß er schon am Morgen seinem Heftchen anvertraute: »Conciliante Träume.«

Diesmal kam sein Blumenstrauß erst, als er schon mit Levetzows am Frühstückstisch saß.

Frau von Levetzow machte ihm sanfte Vorhaltungen, aber er antwortete, das müsse sein.

In Erinnerung an seine Träume befand er sich in einem Zustand der halben Abwesenheit trotz der Gegenwart Ulrikes. Er schrak fast auf, als sie, so als hätten sich seine Gedanken übertragen, die Bemerkung machte, sie habe heute nacht von Weimar geträumt.

Goethes Gesicht rötete sich vor Freude, seine Augen funkelten, und er sagte inbrünstig: »Mein liebes Töchterchen.«

»Dabei kenne ich doch Weimar gar nicht«, fuhr sie fort, »sicher ist alles ganz anders, als es im Traume war.«

Er begann sogleich zu dozieren.

»Weimar«, sagte er, »ist heute eine hübsche, kleine Residenz, in der sich leben läßt. Auch wer an äußerlichen Zerstreuungen hängt, kommt auf seine Kosten. Viel mehr aber ist es ein Refugium für Menschen, die aus innen heraus leben. Als ich damals, vor achtundvierzig Jahren, in Weimar eintraf und es zum erstenmal sah – es war ein Tag wie heute –, da traf es mich allerdings tief. Ich sah einen überaus bescheidenen, kleinen Ort, den man in zehn Minuten durchqueren konnte, wenige stattliche Häuser, mehr niedrige, geduckte Katen, oft so ländlich, daß die Schweine im Vorgarten quiekten und die Hühner über die Straße liefen.«

»Aber das Schloß!«

»Das Schloß, mein Liebes, war abgebrannt und wurde erst Jahre später wieder aufgebaut. Die herzogliche Familie war in einem Hause in der Nähe untergebracht, alles war so provisorisch, daß sogar das Essen über die Straße gebracht werden mußte.«

»O weh!«

»Ja, o weh! Ich war mit hochfliegenden Plänen gekommen und sah mich in einer Spielzeugwelt. Es sind viele Jahre vergangen, ehe sich die Verhältnisse und das Gesicht Weimars wandelten, und ich kann sagen, daß ich dazu beigetragen habe. Ja, ich habe in jener Zeit viel gearbeitet. Der Herzog geruhte mir Aufgaben zur Lösung anzuvertrauen, die schier unlösbar schienen. Wir haben sie bewältigt.«

»Und die Menschen um Sie herum?«

»Sind abgetan, liebes Kind.«

Das herzlose Wort traf alle wie ein Schlag ins Gesicht. Goethe schien es vollständig zu entgehen.

Amélie brach das Schweigen. Sie rief empört: »Man kann doch Menschen nicht als abgetan bezeichnen, Herr Geheimrat!«

»Gewiß kann man das, meine kleine Dame.«

Auch Ulrike war verwirrt: »Das erschreckt mich«, sagte sie leise.

»Das soll es nicht. Vergiß meine Worte. Was ich meinte, war: Lebe im Augenblick; jeder Augenblick ist ein Teil der Ewigkeit.«

»Nun ja«, sagte Ulrike zögernd, »ich will darüber nachdenken.«

»Nein«, antwortete Goethe direkt unmutig, »du hast mich mißverstanden, vergiß es.«

Amélie, unverhohlen feindselig, gab nicht nach: »Abtun scheint mir unmißverständlich, Exzellenz.«

Frau von Levetzow war auf das peinlichste berührt. »Genug, Amélie. Wenn der Geheimrat dir etwas erklärt, ist es so. Nicht wahr?«

»Jawohl, Maman.«

Goethe wurde mißgestimmt.

»Ein entschiedenes Aperçu«, sagte er, »ist wie eine inokulierte Krankheit anzusehen: man wird sie nicht los, bis sie durchgekämpft ist.«

»Nein, nein, ich bitte Sie, lieber Freund«, beschwor ihn Frau von Levetzow, »nehmen Sie doch Amélie nicht ernst.«

»Ich nehme *mich* ernst.«

»Ich auch«, sagte Amélie bitter.

Goethe hörte es nicht, und Ulrike lenkte schnell ab.

»Bitte, erzählen Sie uns doch von Ihrem Haus am Frauenplan, Herr Geheimrat!«

»Warum?« fragte er, immer noch ungnädig.

»Werde ich es denn nicht einmal sehen?«

»Ja, das wirst du, und ich hoffe bald.«

»Ein großes Haus?«

»Ein recht weitläufiges.« Er unterdrückte seine Mißstimmung und fuhr fort: »Es ist leicht gewinkelt; der rechte wie der linke Flügel treten sanft zurück. Vor dem Haus, der Frauenplan, ist ein nicht gerade einladender Platz ohne Grün; hinter dem Hause liegt ein Garten, dem ich manche angenehme Stunde verdanke. Dort habe ich kleine Gesellschaften gegeben, dort habe ich ebenso oft einsam im Schatten der Bäume gesessen und nachgedacht, und dort habe ich viele prismatische

Experimente zu meiner Farbenlehre gemacht. Dort war es, wo ich Newton vom Thron gestürzt und seine Lehre ad absurdum geführt habe.«

Ulrike riß ungläubig die Augen auf: »Wir haben im Internat Newton lernen und verehren müssen!«

»Dies eben ist das Unsinnige«, rief Goethe ungewöhnlich laut. »Die Haupteigenschaft, die die Wissenschaften im Gelehrten hervorrufen, ist der Egoismus und, mehr noch, die Eifersucht. Was auf den Akademien gelehrt wird, sehen sie als Stück erworbenen Eigentums an.

Kommt nun einer, der, wie ich, etwas Neues bringt, das mit dem allgemeinen Credo in Widerspruch steht und es wohl gar zu stürzen droht, so regt man alle Leidenschaften gegen ihn auf und sucht ihn auf alle Weise zu unterdrücken. Man sträubt sich dagegen, wie man nur kann, man tut, als höre man nicht, als verstünde man nicht. Und so kann eine neue Wahrheit lange warten, bis sie sich Bahn macht. Ein Franzose sagte zu einem meiner Freunde in bezug auf meine Farbenlehre: Wir haben fünfzig Jahre lang gearbeitet, um das Reich Newtons zu gründen und zu festigen; es werden andere fünfzig Jahre nötig sein, um es zu stürzen.«

Goethe zog sein Sacktuch hervor, um sich die Stirn zu wischen.

»Die Zahl meiner Gegner«, fuhr er ruhiger fort, »ist Legion. Man kann sie sogar klassifizieren.

Zuerst nenne ich die Gegner aus Dummheit; es sind solche, die mich nicht verstanden und die mich tadelten, ohne mich zu kennen. Diese ansehnliche Masse hat mir in meinem Leben viel Langeweile bereitet; doch es soll ihnen verziehen sein, denn sie wußten nicht, was sie taten.

Die zweite große Menge bilden sodann meine Neider. Diese Leute gönnen mir das Glück und die ehrenvolle Stellung nicht, die ich durch mein Talent mir erworben habe. Sie zerren an meinem Ruhm und hätten mich gern vernichtet. Wäre ich unglücklich und elend, so würden sie aufhören.«

»Ach, mein Gott«, sagte Ulrike, »mir ist ganz schwach zumute, wenn ich das höre. Mir schien alles in Ihrem Leben so harmonisch und so strahlend. Man bewundert Sie doch in der ganzen Welt.«

»Nicht diejenigen, die selbst keinen Sukzeß haben, mein Liebes. Es sind begabte Talente darunter, allein sie können mir nicht verzeihen, daß ich sie verdunkle!«

»Aber doch wenige! Ganz wenige!«

»Gewiß. Doch wenn gerade sie mich umgeben und zeitweise in meinem Leben standen, so kann man nur das sagen, was deine Schwester so abschreckte: abgetan. Verstehst du jetzt?«

»O ja, Herr Geheimrat. Ich verstehe es, glaube ich, doch es macht mir alles etwas bange. Nicht wahr, Bertha?«

»Ja«, hauchte das Mädchen.

»Das darf es nicht«, rief Goethe fast scharf, »das soll es nicht.« Sein Gesicht verschloß sich. »Ich habe heute einen wenig glücklichen Morgen; es läuft nicht im rechten Geleise«, sagte er verdrossen.

»Sie schienen doch recht fröhlich«, lenkte Frau von Levetzow ein. »Ich möchte, offen gestanden, gern weiter über Ihr Haus am Frauenplan hören. Wieviel Räume hat es?«

»Ich weiß es nicht«, antwortete Goethe desinteressiert.

»Oh, erzählen Sie doch!« bat Ulrike. »Führen Sie mich durch das Haus. Ich will mir vorstellen, daß ich davor stehe und die Fensterreihe sehe. Ganz rechts das Fenster – wohin führt es?«

Goethe blickte sie liebevoll an und erwärmte sich.

»Die drei Fenster im rechten Flügel gehen auf das Urbino-Zimmer. Von dort kommt man in das sogenannte blaue oder Juno-Zimmer. Es hat die drei Fenster links daneben. In der Mitte liegt der Große Saal mit zwei Fenstern; zu ihm führt die Treppe hinauf, ein breites, mit Skulpturen geschmücktes Treppenhaus.

Nach links schließt sich das kleine Eßzimmer an, dessen zwei Fenster jedoch nur auf den Innenhof hinausgehen. Davor, mit den beiden Fenstern, die du vom Frauenplan aus sehen würdest, liegt das kleine Zimmer, das ich das Deckenzimmer zu nennen pflege.

Das nächste Fenster gehört zum Majolika-Zimmer. An seiner Schulter, im etwas zurückgesetzten linken Flügel des Hauses, liegt der große Raum, in dem meine Sammlungen untergebracht sind.

Zum Garten hinaus gehen die beiden Zimmer«, er stockte einen Augenblick, »... beiden Zimmer für die Herrin des Hauses. Es folgt das schöne Gartenzimmer, schließlich mein Reich. In der Dach-Etage wohnt mein Sohn mit seiner Familie.«

»Und wo«, fragte Ulrike »*wohnen* Sie? Ich meine, wo sind Sie am liebsten? Wo ist es am anheimelndsten, am geborgensten, am wohligsten?«

Goethe sah sie stirnrunzelnd an.

»In Ihrem Trakt?« riet sie.

Er nickte obenhin.

»Wohl in meinem Trakt, ja«, antwortete er gleichmütig.

»Und warum haben viele der Zimmer so symbolische Namen?«

»Symbolisch? Das Blaue Zimmer ist blau ausgestattet; das Deckenzimmer...«

»Ja! Aber ›Juno‹ und ›Urbino‹?«

»In meinem Haus gibt es viele Skulpturen, Stiche und Zeichnungen großer Meister und...«

»Ach so, ja.«

Amélie warf ihr einen strengen Blick zu: »Die Namen klingen so kalt. Das meinte meine Schwester. So museal, meinte meine Schwester.«

»O nein, nein, Amélie, wie kannst du das behaupten!«

»Wir haben«, fuhr Amélie unbekümmert fort, »zuhause auch Zimmer mit Namen. Es gibt das Vogelzimmer, in dem die Voliere mit vielen zwitschernden Vögelchen steht. Dann das ›Alter-Fritz‹-Zimmer, weil dort ein uns sehr liebes Dokument gerahmt an der Wand hängt: der alte Fritz war Taufpate eines Brösigke. Dann unser Kinderzimmer, das Maman immer das ›Görenzimmer‹ nennt. Da stehen noch von anno dazumal unsere Spielsachen. Mit Ihrem Palais können wir es freilich nicht aufnehmen, Herr Geheimrat. Aber wir leben sehr behaglich. Daran dachte meine Schwester.«

»Amélie«, sagte Frau von Levetzow streng, »würdest du es bitte deiner Schwester überlassen, ihre Ansichten zu äußern?«

»Gewiß, chère Maman. Entschuldige, Ulrike.«

»Wieso – was – ich habe gar nicht an unser Haus gedacht, Amélie, sondern nur an Weimar.«

Goethe war verstimmt.

Er schwieg.

»Gartenzimmer«, sagte Ulrike, »klingt so anheimelnd. Daraus könnte man doch das behagliche Eckchen des Hauses machen, nicht wahr, Herr Geheimrat?«

Er gab sich Mühe, liebevoll zu antworten: »Das ist Sache der Hausherrin. Wärest du sie, so würdest du meine volle Zustimmung haben.«

Er erhob sich.

»Es wird sich alles finden.«

Er küßte Frau von Levetzow die Hand, strich den drei Schwestern ohne Unterschied leicht über die Köpfe und ging.

Mit häßlichem Nachgeschmack von dieser Morgenvisite setzte er sich zuhause an den Schreibsekretär und nahm sein Heft heraus.

Er schien sich nicht erst sammeln zu müssen. Er schrieb sogleich:

»Marienbad, den 16. August.

Wie ist mir?

Ich fühle mich voll Bitternis. Ich bin herausgefordert

worden, mich zu offenbaren, und habe geerntet, was ich immer geerntet habe.

Sprich nur ex cathedra.

Ich habe es nicht befolgt. Aber wie kann ich, wenn ich liebe?

Ich trete in einen neuen Abschnitt meines Lebens, das mir unbegrenzt scheint. Bin ich nicht unsterblich wie Zeus? Ich habe, wie schon so manches Mal, eine Haut abgestreift und bin neu geboren. Ich muß es, wenn ich es schon nicht laut aussprechen darf, im geheimen niederschreiben: Ich fordere die Götter in die Schranken!

Wie habe ich mich seit langem gescheut, das Wort Liebe in den Mund zu nehmen. Wenn ich es früher in einem Brief schrieb, war es nur das Synonym für jene liebenswürdige Reverenz der Sinne, die ich heute nicht mehr nachfühlen kann.

Daß ich nun liebe, mit allen Fasern meines Herzens, ist ein Geschenk der Götter, deren letzte Himmelsweiten sich mir endlich geöffnet haben.

Ich liebe ein Wesen, das mir himmlisch scheint. Muß ich es begründen? Muß man Liebe begründen?

Mein Treugesicht! Es ist schön wie eine Iris; was ist sie nicht? Ich will diesen Schöpferton in die rechte Form kneten, so daß auch ihr Verstand mir folgen kann.

Sie ist die klügste von den drei Schwestern. Bertha ist ein Blatt, das sich noch nicht entfaltet hat, und Amélie ist nicht dazu ausersehen, in meine Nähe zu treten. Immer, solange ich lebe, habe ich diese kapriziösen, widerspenstigen Frauen gemieden. Ich kann nicht ertragen, daß man meine Balance stört.

Nie habe ich ertragen können, daß ich nicht Goethe sein soll.

Ich weiß sehr wohl, wie sehr ›Der Widerspenstigen Zähmung‹ den Mann reizen kann; ich habe meinen Shakespeare durchaus präsent. Die Rolle des Petrucchio hat mir nie gelegen. Begegnete ich einem Shakespeareschen Käthchen, so bin ich, sobald ich's erkannte, geflohen.

Was man mir als Hochmut auslegte, war kein Hochmut. Ich durfte nicht ›unter die Räder kommen‹, wie man volkstümlich zu sagen pflegt.

Mehr noch: Ich gestehe, ich wollte mich nie binden.

Bin ich nicht jetzt ein Neugeborener? Ich sehne mich nach der Bindung. Ich kann den Tag nicht erwarten, ich lebe in der Sehnsucht nach dieser Stunde.

Und deshalb, vertrautes Heft meiner Beichten, muß ich handeln. Laß es dir gesagt sein, ich muß handeln. Nicht morgen, nicht übermorgen. Heute noch, beklommenes Herz!«

VII

In der Stunde vor Tisch diktierte er John Korrekturen von »Dichtung und Wahrheit«, lässig und nicht recht bei der Sache.

Nach dem Essen, das er mit gewohnt gutem Appetit in seinen Räumen einnahm, gedachte er etwas zu schlafen, aber er fand nicht die nötige Ruhe und beschloß, seine Korrespondenz, vor allem mit seinem Sohn, zu erledigen. Dann bekam er den schon angekündigten Besuch eines Bergmeisters, mit dem sich ein langes Gespräch über Gestein entwickelte. Als der Besuch gegangen war, setzte er sich, ein Glas Wein vor sich, an das Fenster und versank in Gedanken.

Gegen Abend meldete John in aller Eile das Nahen des Großherzogs.

Carl August, im Jagdanzug, stiefelte polternd ins Zimmer, die Pfeife wie üblich zwischen den Zähnen.

Goethe, der sowohl Tabak wie den landsknechtischen Aufzug des Großherzogs in den Tod nicht leiden konnte, sprang nichtsdestotrotz auf, als sei er aufs höchste erfreut.

»Guten Abend«, knarrte der Großherzog zwischen

den Zähnen hervor. Dann erst nahm er die schmorende Pfeife in die Hand und klopfte Goethe auf die Schulter.

»Guten Abend, Königliche Hoheit!«

»Wir sind doch allein?« fragte Carl August.

»Wir sind allein, ja.«

»Dann laß die Titulatur.«

»Warum eigentlich, Serenissimus? Sie geht mir gern und leicht von den Lippen.«

»Das glaube ich dir, aber sie geht mir nicht gern und leicht ins Ohr. Wir haben uns unter vier Augen stets geduzt, und so soll es bleiben. Es ist buffo, daß ich dich jedesmal darum bitten muß.«

»Zumindest mußt du den Anfang machen, mein verehrter Freund.«

»Gut, ich mache den Anfang. Setzen wir uns. Oder störe ich?«

»Niemals.«

»Übertreibe nicht! Wenn Ulrike hier wäre, würde ich durchaus stören. Gib mir bitte auch ein Glas Wein. Mußt du extra dem Stadelmann klingeln? Nein, dann nicht. Wir wollen ungestört bleiben. Wie geht es Ulrike?«

»Ich nehme an, gut.«

»Du nimmst an. Soso. Warst du heute morgen nicht drüben? Ich habe dich doch gesehen!«

»Aha!« lächelte Goethe. »Du spähst durch die Gardinen!«

»Selbstredend. Darf das ein Großherzog nicht?«

»Er darf wohl, aber er sollte sich nicht dabei erwischen lassen.«

»Du hast mich im Laufe unseres Lebens schon bei

weit heikleren Dingen erlebt. Denkst du noch manchmal zurück? Übrigens, setz dich doch endlich hin!«

»Gerade in diesen Tagen habe ich oft daran gedacht.«

»Du sagst: gerade. Warum gerade jetzt? Erinnert dich etwas daran?«

»Nichts. Ich kann es nicht erklären. Ist das wichtig?«

»Außerordentlich. Ich kann es dir erklären: du fühlst dich in die Jugend zurückversetzt.«

»Mag sein«, erwiderte Goethe leichthin.

»Mag sein...« Der Großherzog seufzte. »Klingle Stadelmann, ich möchte doch einen Wein trinken.«

Stadelmann kam, ging, kam, ging.

»Guter Tropfen! Ich fühle mich schon den ganzen Tag über lustlos. Ich war zur Jagd nach Königswart eingeladen, hatte aber keine Lust. Ich habe keine gute Stimmung, aber auch keine schlechte. Ich bin matt. Du auch?«

»Keineswegs. Warum sollte ich?«

»Das macht der Mond«, sagte der Großherzog.

»Was macht der Mond?«

»Der Neumond hat auf alle Menschen großen Einfluß.«

»Der Mond hat keinen Einfluß.«

»Er hat. Das ist eine alte Erfahrung.«

»Das ist ein alter Aberglaube.«

»Du weißt alles besser.«

»Hast du schlecht geschlafen?«

»Nein. Es ist der Mond.«

»Mein lieber Freund: Ich verdenke es dir nicht,

denn der Mond erscheint als ein zu bedeutendes Gestirn, als daß man ihm nicht eine entschiedene Einwirkung auf unsere Erde zuschreiben sollte.«

»Der Mond bewirkt sogar Ebbe und Flut der Ozeane!«

»Ja. Jedenfalls nimmt das die Wissenschaft an. Allein, die Veränderung des Wetters, der höhere oder tiefere Stand des Barometers rührt nicht vom Mondwechsel her, sondern ist rein tellurisch.«

»Rein was?«

»Ist rein irdisch. Aus den Verhältnissen der Erde geboren.«

Der Großherzog stopfte sich eine neue Pfeife, was Goethe konsternierte. Er war nahe daran, etwas zu sagen, überlegte es sich aber gar wohl. Er bezähmte sich und fuhr fort:

»Ich denke mir die Erde mit ihrem Dunstkreise gleichnisweise als ein großes, lebendiges Wesen, das im ewigen Ein- und Ausatmen begriffen ist. Atmet die Erde ein, so zieht sie den Dunstkreis an sich, so daß er in die Nähe ihrer Oberfläche herankommt und sich verdichtet bis zu Wolken und Regen. Diesen Zustand nenne ich mal die Wasserbejahung; dauerte er über alle Ordnung fort, so würde er die Erde ersäufen. Dies aber gibt sie nicht zu; sie atmet wieder aus und entläßt die Wasserdünste nach oben, wo sie sich in den ganzen Raum der hohen Atmosphäre ausbreiten und sich dergestalt verdünnen, daß nicht allein die Sonne glänzend durchscheint, sondern auch die ewige Finsternis des unendlichen Raumes als frisches Blau herdurch gesehen wird. Diesen Zustand der Atmosphäre wollen wir die Wasserverneinung nennen. Bei diesem Zustand kann die Nässe der Erde wieder verfliegen und aufwärts gehen, so daß alles in der Ordnung des Wechselns bleibt.«

»Dennoch«, sagte der Großherzog, »ist der Neumond schuld. Du willst es nur nicht glauben, weil es nicht in deine ewigen Theorien paßt.«

»Ich halte mich nicht an vorgefaßte Theorien, ich halte mich an die Erfahrungen des Sinnlichen.«

»Ich auch. Nämlich: Es ist Neumond, und ich bin deprimiert.«

»Lieber Freund, ich will dir etwas sagen: Es gibt in der Natur Zugängliches und Unzugängliches. Ich bedenke das durchaus und habe Respekt. Es ist uns schon geholfen, wenn wir das wissen, und es wird immer schwer sein zu sehen, wo das eine aufhört und das andere beginnt. Wer klug ist, wird sich an das Zugängliche halten. Wer es nicht ist, wird sich lebenslänglich am Unzugänglichen abquälen, ohne je der Wahrheit nahezukommen. Die Natur wird immer etwas Problematisches behalten, das zu ergründen die menschlichen Fähigkeiten nicht hinreichen.«

»Zum Beispiel den Einfluß des Mondes.«

»Meinethalben«, lachte Goethe. »Ich sehe, mein ganzer Exkurs war vergeblich.«

»Gieß mir noch etwas Wein nach! Genau so sprichst du natürlich auch zu Ulrike?«

»Sollte ich nicht?«

»Meinst du, daß ein junges Mädchen damit zu erbauen ist?«

»Ich denke, sich bilden ist erbauen.«

»Du denkst. Aha. Und ich sage dir, sprich zu ihr besser über die Pariser Mode oder über Theater.«

Goethe schwieg.

Nach einer ganzen Weile sagte er, jedes Wort sorgfältig überlegend:

»Lieber Freund, lieber Vertrauter, auch ich will dir dazu etwas sagen.«

»Nämlich? Kann man dem etwas entgegenhalten?«

»Ja. Du kennst meinen Charakter, meinen Lebensstil und meine Gedankenwelt, die mir alles bedeutet. Sieh, mein Lieber: Wenn ich deinem Rat folgen würde, müßte ich unwahr werden. Ich kann das in einer flüchtigen Unterhaltung, aber nicht, wenn ich nach dem Kern eines Menschen vorstoßen muß. Und gerade das muß ich. Ich muß mich vergewissern, ob Ulrike in meine Gedankenwelt finden wird oder nicht. Ob sie in Vorstellungen lebt, die ich nicht ahne und die ich nicht akzeptieren könnte.«

»Ja, das verstehe ich. Du prüfst sie. Ist dir auch bewußt, daß du einen Maßstab anlegst, der keine Rücksicht auf ihre eigenen Anlagen oder Wünsche nimmt?«

»Ich stelle durchaus ihre Jugend in Rechnung.«

»Das glaubst du! Du stellst sie in Rechnung, was ihren Verstand und ihr Folgenkönnen anlangt. Denkst du aber auch an ihre Wünsche, ihre Träume, ihre Sehnsüchte?«

»Ich weiß nicht genau, was du meinst.«

»Ich meine: Weißt du denn, ob sie dir zwar aufmerksam folgt, aber viel lieber einen Scherz von diesem Trubetzkoj hören würde? Du hast die Nahrung für ihren Geist bereit – hast du auch die Nahrung für ihr Herz parat?«

»Ich habe mit den Mädchen gespielt, getollt, gescherzt, gelacht, getanzt.«

»Eine Stunde. Zwei Stunden. Aber ein Jahr? Drei Jahre? Ein Leben lang?«

»Wer will das stetig tun?«

»Nicht stetig, aber täglich. Das nenne ich die tägliche Medizin für das Herz einer so jungen Frau.«

Goethe erhob sich. Er war erregt. Er ging eine Weile im Zimmer umher.

Dann blieb er vor Carl August stehen. Er reckte sich hoch auf, straffte seine Brust und sagte mit seiner vollen Stimme, die in solchen Augenblicken so beeindrukkend und melodisch klang: »Ich bin mir sicher.«

Carl August nickte.

»Ich weiß, was ich tue.«

»Und was tust du?«

»Ich habe noch keinen Schritt unternommen«, gestand Goethe.

»Ahnen die Levetzows?«

»Sie müssen es wissen, ja.«

»Hast du mit Ulrike gesprochen?«

»O nein, nein!«

»Wehre doch nicht so erschrocken ab!« sagte Carl August begütigend. »Hast du mit ihrer Mutter gesprochen?«

»Nein.«

»Stört dich meine Pfeife allzu sehr?«

»Nichts kann mich jetzt stören. Laß das Gespräch nicht abreißen, ich bitte dich!«

»Willst du schriftlich bei Frau von Levetzow werben?«

»Ich scheue mich unüberwindlich! Der Gedanke an einen Brief ist mir unaussprechlich peinlich.«

»Also wirst du hingehen und es mündlich tun?«

»Ich weiß es nicht. Ich weiß nicht, ob ich dazu fähig bin.«

»Das sieht nicht gut aus. Du mußt doch Entschlußkraft zeigen.«

»Entschluß: ja. Kraft: nein. Ich bin offen zu dir.«

»Soll ich es tun?«

Goethe stockte der Atem; hatte er richtig gehört?

Er fragte hastig:

»*Was* würdest du tun?«

»Für dich um Ulrikes Hand bitten.«

»Tätest du das wirklich?«

»Ich täte es gern«, sagte Carl August, »denn ich würde mich freuen, die Levetzows in Weimar zu sehen und Ulrike um dich zu wissen.«

Goethe ergriff die Hand des Großherzogs und sagte aus tiefstem Herzen: »Ich danke dir.«

»Gut, gut. Und nun, alter Knabe, beruhige dich!«

»Verlange das nicht! Ich werde in der Nacht kein Auge zutun.«

»Im Gegenteil, du hast Grund, besonders gut zu schlafen. Denn wir wollen doch hoffen, daß alles gut geht.«

Goethe erschrak sichtlich. »Alles gut geht? Muß ich zweifeln? Muß ich mich sorgen?«

»Ich denke nicht. Aber warum wollen wir nicht allen Möglichkeiten ins Auge sehen?«

»Nein, nein! Nur nicht dies, ich kann es mir nicht ausdenken. Ich darf nicht daran denken. Liebster Freund, nur das nicht! Es ist meine letzte Liebe, meine letzte Leidenschaft, mein letzter Aufbruch in ein neues Leben! Es ist der schmale Steg über den Abgrund des Alterns und Vergehens.«

»Sprich doch nicht so düster, ich bitte dich ernstlich! Du stehst vor einer Entscheidung, die nicht mehr bei dir liegt, und wirst sie, auch wenn sie übel ausgeht, überleben. Eine Frau –«

»Das weiß ich nicht, das weiß ich nicht.«

»Leg deine überhitzte Erregung ab, Alter. Du hast noch viel zu tun im Leben. Warum sind wir denn überhaupt in dieses Lamento gekommen? Du solltest vergnügt sein! Morgen hast du deine Ulrike!«

»Ich will es glauben, ja, ja, ich will es glauben. Wann gehst du zu ihr?«

»Ich werde Frau von Levetzow noch vor dem Frühstück meinen Besuch ankündigen lassen und dann – sagen wir gegen elf Uhr – zu ihr gehen.«

»Und dann? Wie lange wird es dauern?«

»Woher soll ich das wissen, mein Guter?«

»Und dann?«

»Anschließend komme ich hierher und bringe dir Nachricht.«

»Ich werde geduldig warten. Ich danke dir.«

Der Großherzog erhob sich, qualmte noch einmal mächtig in den Raum und ging.

Goethe aß nichts zu Abend, trank aber mehrere Gläser Wein.

Seine Stimmung wurde behaglicher, fast heiter. Er trank weiter, Schlückchen für Schlückchen.

Gegen neun Uhr rief er John. »Schreiben wir«, sagte er. »Datum ist diesmal wichtig.«

»Ich notiere das Datum stets genau«, erwiderte John.

»Gut. Das ist wichtig. Also: Morgens Besuch bei Frau von Levetzow. Dann Brief an Ihre königliche Hoheit die Frau Großherzogin nach Wilhelmsthal. Briefe an Professor Zelter nach Berlin und an meinen Sohn. Im Shakespeare gelesen. Nachmittags suchte mich Bergmeister Bescherner von Mies auf. Er brachte mir, sich früherer Aufträge erinnernd, bedeutende Bleispäte. Ich suchte die von allen Seiten her zufließenden Mineralien einigermaßen zusammenzurücken und das Einpacken vorzubereiten.«

»Das Einpacken, Exzellenz?«

»Das Einpacken. Morgen früh um vier Uhr soll Stadelmann noch einmal zum Wolfsberg gehen. Er soll meinen grünen Binsenkorb mitnehmen. Vielleicht bringt er etwas nach Hause. Schreiben wir, das ist ebenfalls wichtig: Gegen Abend kam der Großherzog in meine Wohnung.«

»Das ist alles, Herr Geheimrat?«

»Absolut alles. Gute Nacht.«

Aber die gute Nacht ließ auf sich warten. Goethe ging zu Bett, fand jedoch keinen Schlaf. Er stand wieder auf, goß sich ein Glas Wein ein und trat ans Fenster. Marienbad war still und dunkel bis auf zwei Straßenlaternen.

Seine Gedanken schweiften umher, ohne sich irgendwo festhalten zu wollen. Er dachte an Ulrike, aber eigentlich nur sekundenweise.

Ihm schien, sein Leben zöge noch einmal an ihm vorüber. Jedoch er sah keine bestimmten Bilder; nicht Frankfurt, nicht Straßburg, Leipzig, Weimar, Napoleon, keinen Umriß; auch keine Frauengestalt kam ihm in den Sinn. Von der Fülle des Gefühls getäuscht glaubte er, aus großer Höhe die Landschaft seines Lebens zu überschauen. Und dann, von einem Augenblick zum anderen, wurde ihm klar, daß sich kein Mittelpunkt heraushob.

Er merkte, er würde schwach werden. Und nur um in der Stille eine Stimme zu hören, sagte er laut: »Grillen!«

Er ging wieder zu Bett.

Plötzlich, es mochte schon Mitternacht sein, weckte ihn aus dem Halbschlaf ein wüstes Gepolter.

Er horchte.

Man schrie und rief durcheinander.

Er erhob sich, warf flüchtig seinen Morgenmantel über, hielt sich ein Tuch vor den Mund und öffnete die Tür zum Flur.

Am Fuße der Treppe stand Madame Döltsch mit einigen Gästen und redete auf jemanden ein, der am Boden lag.

»Was gibt es?« rief Goethe.

»Schrecklich«, quiekte Frau Döltsch, »aber sie ist nicht tot.«

»Zum Kuckuck, was ist geschehen?«

»Das Frauenzimmer«, schaltete sich einer der Gäste

ein, »ist die Treppe heruntergefallen und hat sich den Kopf aufgeschlagen.«

»Da nützt doch kein Jammern, man hole sofort den Arzt, sage ihm aber sogleich, was geschehen ist, damit er sich mit allem Nötigen versehen kann.«

»Wollen Sie sich die Wunde nicht ansehen, Exzellenz?«

»Ich bin kein Arzt«, erwiderte Goethe unwillig. »Legen Sie die Person bequem und pressen Sie ein sauberes Tuch auf die Verletzung.«

Er schlug die Tür zu.

An Schlaf war nicht zu denken.

Der Lärm ging weiter, der Arzt schien gekommen zu sein. Türen gingen. In der Küche wurde offenbar Feuer gemacht.

Die Unruhe währte Stunden.

Goethe wanderte in seinem Zimmer auf und ab, bis sich der Aufruhr etwas gelegt hatte. Dann öffnete er den Schreibsekretär und nahm sein Heft heraus.

»Ich warte«, schrieb er, »ich warte auf den Sonnenaufgang. Gerade jetzt muß das vermaledeite Frauenzimmer stürzen.«

Er besann sich sogleich, strich den letzten Satz wieder aus und setzte dahinter: »Ohne Belang.«

Gegen zwei Uhr, als das Haus endlich still geworden war, schlief er ein.

»Er ist nicht zum Déjeuner gekommen«, sinnierte Frau von Levetzow, »dafür hat sich der Großherzog angesagt. Ich bin etwas beunruhigt.«

»Ich auch«, sagte Amélie.

»Was wird es bedeuten –«

»Ich nehme an, du weißt es, Maman.«

»Nein, ich weiß nichts.«

»Es ist ein offizieller Besuch, nicht wahr? Müssen wir zugegen sein?«

»Solange es Seine Durchlaucht nicht ausdrücklich wünscht, bleibt ihr unsichtbar.«

»Empfängst du ihn hier auf der Terrasse?«

»Ich muß wohl. Und werde ihm ein paar Schritte entgegengehen.«

»Das klingt direkt feierlich.« Die Mädchen gingen auf ihre Zimmer.

Frau von Levetzow wartete.

Endlich kam der Großherzog.

Frau von Levetzow war perplex. Seine Durchlaucht trug den schwarzen Frack und sämtliche Orden und Ehrenzeichen. Sie wartete auf seine Anrede.

Er küßte ihr die Hand.

»Bleiben wir gleich hier!« sagte er und setzte sich ohne Umstände. »Wie geht es Ihnen, meine hochverehrte Freundin?«

»Es geht mir gut, Königliche Hoheit. Danke, es geht mir gut.«

»Und den Kindern?«

»Gut, danke, gut.«

»Marienbad hat allen wohlgetan, nicht wahr? Es wird bald ebenso berühmt werden wie Karlsbad. Es hat auch Goethe restauriert.«

»Sichtbar, ja.«

»Seine Krankheit im Frühjahr war eine Herzbeutelentzündung. Die Ärzte haben mir gesagt, daß das eine gefährliche Sache sei.«

»Der Gedanke daran bewegt mich sehr, Königliche Hoheit.«

»Nur ein starker, im Grunde gesunder Mann, der noch Jugend in sich spürt, übersteht sie.«

Frau von Levetzow nickte. Sie war etwas unaufmerksam und wartete auf das, was wohl nun kommen mußte.

»Wie war Goethe denn auf Ihren Ausflügen?«

»Sehr lebhaft und anscheinend glücklich.«

»Anscheinend? Warum sagen Sie ›anscheinend‹?«

»Oh – das war dumme Zurückhaltung von mir, Durchlaucht. Nichts weiter. Ich dachte, man könne sich auch täuschen.«

»Finden Sie sich bei Goethe eigentlich immer zurecht? Pardon, das ist indiskret. Ich wollte sagen: Sie kennen ihn doch jetzt sehr gut, nicht wahr?«

Frau von Levetzow hob verwundert die Augenbrauen.

»Ich drücke mich, wie ich merke, verdammt schlecht aus, liebe Baronin. Also, fangen wir noch einmal von vorne an...«

»Das ist nicht notwendig, Königliche Hoheit! Sprechen Sie rundheraus.«

»Kann ich das?«

»Aber gewiß! Wer bin ich, und wer sind Sie!«

»Es dreht sich nicht um mich. Es dreht sich um Goethe.«

»Ich konnte es mir nun fast denken. Darf ich Ihnen etwas servieren lassen, Königliche Hoheit?«

»Nein, nein, merci. Jetzt nichts, was uns stören könnte. Madame, ich habe gestern abend eine lange Unterredung mit ihm gehabt.«

»Mit dem Geheimrat?«

»Ja. Ich war es, der ihm am Ende vorschlug, ich würde ihm den Gang zu Ihnen abnehmen. Ich sah deutlich, daß er viel zu emotioniert war, als daß er seine Mission bewältigt haben würde.«

»Ich habe mich über den offiziellen Charakter Ihres Besuches, Durchlaucht, auch gewundert.«

»Er kann nicht feierlich genug sein, wenn wir uns einig sind, daß Goethe eine olympische Gestalt ist, neben der wir trotz Rang und Titel verblassen.«

Frau von Levetzow nickte. Wie beunruhigt sie war, merkte man ihren Händen an, die sich unablässig mit dem Fächer beschäftigten.

»Beim Wiener Kongreß war ich ein miserabler Diplomat.«

»Das glaube ich nicht, Königliche Hoheit!«

»Verdammt schlechter Diplomat, sage ich Ihnen. Das Parkett war mir zu glatt.«

»Königliche Hoheit haben aber den Großherzogtitel mitgebracht!«

Carl August lachte gemütlich: »Nicht doch, nicht doch! Seien wir mal ehrlich! Was hat Weimar im Kriege getan? Nein, meine Liebe, die Erhöhung war nicht zu umgehen, nachdem mein Sohn eine Zarentochter geheiratet hatte.«

Er lachte wieder ungeniert.

»Aber, Teufel, Teufel, ich lasse mich von meiner Mission abbringen. Ich bitte Sie, hochzuverehrende

Baronin, für Geheimrat Exzellenz von Goethe um die Hand Ihrer Tochter Ulrike. Raus ist es.«

Frau von Levetzow lächelte.

»Königliche Hoheit sind bekannt für Kapriolen.«

»Kapriolen? Bei diesem Anlaß? Ich lege meine Hand hier auf mein Herz!«

Frau von Levetzow wurde ernst, wie sie es in Wahrheit schon gewesen war.

»Ich bitte um Vergebung, Durchlaucht. Wie konnte ich!«

»Haben Sie denn nichts geahnt?«

»Dies nicht.«

»Was dann?«

»Ich bemerkte wohl, daß sich der Geheimrat zu Ulrike hingezogen fühlte. Er bevorzugte sie, aber wohl nur für die Mutter sichtbar.«

»Keine Spur! Die halbe Welt in Marienbad weiß es.«

»Das ist gewiß Unrecht von der halben Welt in Marienbad, Königliche Hoheit.«

»Es ist menschlich. Vor allem stimmt es.«

»Herr von Goethe will Ulrike heiraten?«

»Ja.«

»Ich kann es kaum glauben. Der Antrag ehrt uns Levetzows sehr, es gibt wohl niemanden, den er nicht ehren würde.«

»Also –«

»Kein Also. Noch nicht, Durchlaucht. Ist dem Geheimrat –«

»Lassen wir Titel, nennen Sie ihn, wie Sie ihn in Gedanken sicher immer genannt haben.«

»Gut, Durchlaucht. Ist, wollte ich beginnen, Goethe

klar, daß sein Sohn, ein inzwischen vierunddreißigjähriger Sohn, selbst schon verheiratet ist und Goethe Enkelkinder geschenkt hat? Er wohnt am Frauenplan. Er und seine Frau Ottilie würden sehr konsterniert sein, ein neunzehnjähriges Mädchen als neue Herrin einziehen zu sehen.«

»Goethe deutete an, daß er in Briefen nach Weimar schon von gewissen Veränderungen gesprochen habe.«

»O Gott, was besagt das? Veränderungen! Sein Sohn und Ottilie werden entsetzt sein. Es wird – seien wir offen – die Hölle für Ulrike sein.«

»Das läßt sich leicht vermeiden; ich werde Goethe – ihm oder seinem Sohn – ein Haus zur Verfügung geben, das in der Nähe des Schlosses liegt.«

Frau von Levetzow nickte: »Weiß das Goethe?«

»Noch nicht. Wozu hätte ich dem Ärmsten, der in fiebriger Erwartung ist, die Einwände vorwegnehmen sollen?«

»Goethe wird das Haus am Frauenplan gewiß nicht verlassen wollen. Dort ist er zu Hause. Und er ist auch nicht vereinsamt. Er hat seinen Sohn und seine Schwiegertochter, von der er stets sehr gut und anschaulich gesprochen hat.«

»Es gibt«, sagte der Großherzog, »noch eine andere Vereinsamung, das wissen Sie. Um ihrer Herr zu werden, genügt keine Ottilie.«

»Ich fürchte, Königliche Hoheit, daß auch ein kleines Mädchen wie Ulrike nicht genügen wird. Goethes Welt ist in so vielen Jahren gereift, wie Ulrike – ich möchte beinahe scherzhaft sagen – Monate hat.«

»Na, na!«

»Ich weiß, es ist freilich übertrieben. Aber im Kern ist es wahr. Der Altersunterschied ist auch im Geistigen unüberbrückbar.«

»Ulrike wird wachsen. Unter seiner und Ihrer Leitung.«

»Meiner?« fragte Frau von Levetzow erstaunt.

»Ja. Ich denke mir, daß Ulrike sich nicht von Ihnen trennen will. Ich werde Ihnen, liebe Freundin, eine erste Stellung bei Hofe geben.«

»Eure Königliche Hoheit denken generös wie stets. Jedoch sollte das niemals den Ausschlag geben.

Bedenken Sie noch etwas anderes, Durchlaucht: Goethe wird in wenigen Tagen vierundsiebzig Jahre alt. Es ist nicht degoutant, davon zu sprechen, daß er nicht mehr sehr viele Jahre leben wird. Habe ich recht?«

»Und?«

»Oh, fragen Sie nicht!«

»Ich verstehe. Aber auch daran ist gedacht. Ich stelle Ihnen und Ihrer Familie eine jährliche Pension von zehntausend Talern in Aussicht.«

Frau von Levetzow senkte den Kopf.

»Ich bin überwältigt und beschämt, aber –«

»Nicht doch, nicht doch!«

»– aber es entkräftet nicht den entscheidenden Einwand.«

»Welcher ist es?«

»Goethe würde nicht glücklich werden.«

Der Großherzog seufzte. Er schien zu begreifen, obwohl die Bemerkung doch etwas unklar war.

Nach einer Weile sagte er zweifelnd: »Sie sind dagegen?«

Frau von Levetzow schüttelte den Kopf.

»Ich bin nicht dagegen und nicht dafür. Wir wollen etwas tun, Durchlaucht, was in regierenden Häusern nicht üblich, bei einfachen Familien wie unserer aber ein Zeichen der elterlichen Liebe ist: Wir wollen Ulrike fragen.«

Sie wartete Carl Augusts Entgegnung nicht ab, sondern erhob sich und rief ihre Tochter.

Ulrike trug, wie es seit Walter Scott Mode geworden war, ein Schottenkleid, das ihr reizend stand. Sie hatte das Haar gelöst, es fiel ihr weit über die Schultern. So jung und von schlanker Gestalt, lächelnd mit den vollen Lippen, war sie ein entzückender Anblick. Der Großherzog erhob sich sogar.

Frau von Levetzow sagte mit einer Stimme, die fast ängstlich klang: »Seine Königliche Hoheit hat es übernommen, uns an Stelle von Exzellenz von Goethe einen offiziellen Besuch zu machen, dessen Zweck wir soeben besprochen haben. Es betrifft dich, mein Kind, und deshalb sollst du dabei sein und noch einmal mit anhören, was Seine Durchlaucht zu sagen hatte. Wollen Eure Königliche Hoheit bitte wiederholen ...«

»Nein, meine liebe, verehrte Baronin, ich bin mit der Zunge nicht gut zu Fuß. Sagen Sie es ihr.«

Frau von Levetzow hielt Ulrikes Hand in der ihren. »Ulrike, höre mir ohne Erregung oder Bestürzung zu. Antworte auch nicht übereilt, niemand drängt dich.

Die Mission Seiner Königlichen Hoheit ist die, für Herrn von Goethe um deine Hand zu bitten. Nicht doch! Mein Liebling, du zitterst! Es gibt keinen Grund, weder in dem einen noch in dem anderen Falle. Hör mich in Ruhe an.

Seine Durchlaucht hat viele Einwände, die mir sogleich in den Sinn kamen, entkräftet. Er versicherte mir, Exzellenz Goethe – dies zum ersten – befände sich in guter, fast jugendlicher Gesundheit trotz seiner Jahre. Zum zweiten sei eine Diskrepanz zwischen ihm, sofern du ihm nach Weimar folgen würdest, und der Familie seines Sohnes nicht zu befürchten, denn Seine Durchlaucht würde dem Herrn Geheimrat oder dessen Sohn ein besonderes Haus zur Verfügung stellen.«

»Schenken«, brummte der Großherzog.

»Durchlaucht, erlassen Sie mir jene Einzelheiten, die mich bedrücken.«

»Nein. Ulrike muß alles wissen, es gibt keinen Grund, sich bedrückt zu fühlen.«

»Nun gut. Ich fahre also fort. Seine Durchlaucht würde uns nach dem Ableben Goethes eine jährliche Pension von fünftausend Talern –«

»Zehntausend.«

»– von zehntausend Talern aussetzen. Dies ist es, was wir besprochen haben.«

»Keineswegs! Ihre Stellung bei Hofe!«

»Guter Gott, ja. Auch dies. Wir würden erste Stellungen bei Hofe einnehmen.

Nun zum Ende, mein liebes Kind: Seine Königliche Hoheit fragte mich, ob ich *für* die Heirat oder *gegen* die Heirat sei. Ich antwortete: nicht das eine und nicht das andere. Entscheide selbst, Ulrike.«

Es trat eine Pause ein.

Ulrike wirkte ziemlich gelassen.

»Wünschst du, Maman, daß ich heirate? Sage es ohne Scheu!«

»Nein, Ulrike, wünschen tue ich es mir nicht. Du bist noch sehr jung, vor allem innerlich, scheint mir. Irre ich mich, wenn ich glaube, daß du überhaupt noch keinen Gedanken an einen Mann verschwendet hast?«

»Nein, du irrst dich nicht, Maman.«

»Der Antrag, mein Liebling, ist so ehrenvoll, wie er sich wohl nie wiederholen wird.«

»Ich weiß, Maman. Ich weiß, Königliche Hoheit.«

»Du hast Zeit zum Überlegen.«

»Ich brauche keine Zeit. Würden Durchlaucht bitte dem Herrn Geheimrat sagen, daß ich weiß, wie ehrenvoll für mich der Antrag ist. Aber ich kann ihn nicht annehmen. Ich kann einem so großen Mann nichts bedeuten. Ich kann ihm in nichts eine Hilfe sein. Er ist nicht einsam, sondern hat eine große Familie, das beruhigt mich für ihn.

Bitte, sagen Sie ihm, Königliche Hoheit, daß ich ihn lieb habe wie einen Vater.«

Der Großherzog stand auf. »Ja, ja«, murmelte er. Und noch einmal: »Ja, ja.«

Er reichte den beiden Frauen die Hand. »Leben Sie wohl. Der schwerste Teil meiner Mission steht mir noch bevor. Au revoir, Mesdames.«

Er ging zum Gasthof hinüber.

Er ahnte richtig, daß Goethe am Fenster saß, und machte ein finsteres Gesicht.

John brauchte ihn nicht anzukündigen. Goethe stand in der Tür.

»Laß uns hineingehen«, knurrte der Großherzog.

Goethes gebräuntes Gesicht wurde aschfahl.

»Nein?« fragte er mit unsicherer Stimme.

Der Großherzog nickte bedrückt.

»Die Mutter? War es die Mutter?« hoffte Goethe. »Sei gnädig!«

»Nein, es war Ulrike. Wie kann ich dir das verheimlichen. Es nützt doch nur die Wahrheit.«

Goethe sank auf einen Stuhl und bedeckte das Gesicht mit beiden Händen.

»Was sagte sie?« schluchzte er.

»Sie sagte, sie habe dich lieb wie einen Vater.«

Goethe hob das Gesicht, das tränenüberströmt war.

Carl August legte ihm die Rechte auf die Schulter und rüttelte ihn etwas. »Ich lasse dich allein. Ich kann nichts mehr tun. Komm zu mir, wann immer du willst; ich werde da sein.«

Auf der Treppe, im Hinuntersteigen, murmelte er: »Alter Esel.«

VIII

Fuhrwerke ratterten über den Platz, Kinder spielten und lachten; Goethe stand am Fenster und sah mit bitter verzogenem Mund in den trüben Himmel.

Schließlich ging er zum Schreibtisch. Er setzte sich und zog sein Heft heraus.

Er trocknete mit einem seidenen Tuch die Augen, die sich indes immer wieder mit Tränen füllten. So legte er den Kopf in die Arme und weinte. Von Zeit zu Zeit entrang sich seiner Brust ein Stöhnen. Endlich richtete er sich auf und war imstande zu schreiben.

»Blickt herauf zu mir, blickt herauf zu meinem Fenster!« schrieb er in fliegender Hast. »Seht ihr den alten Mann, seht ihr die toten Augen, die Tränen, den Greisenmund, die welken Wangen? Wie könnt ihr wagen zu leben, als sei nichts geschehen?

Seht, die Sonne sinkt! Eh sie sinkt, eh mich Greisen ergreift im Moore Nebelduft, entzahnte Kiefer schnattern und das schlotternde Gebein – Trunkener vom letzten Strahl, reiß mich, ein Feuermeer mir im schäumenden Aug', mich Geblendeten, Taumelnden, in der Hölle nächtliches Tor.

Der Himmel hat sich bedeckt, ihr verfluchten Lachenden, ich kenne die Zeichen! Gleich werden Blitze niedergehen, und in ihrem giftigen Licht werden eure Fratzen endlich euch gemäß sein.

O mein Gott, nein! Stürze mich doch nicht in den Haß! Ziehe mich aus der Verzweiflung, die das Ende der Welt herbeisehnt. Ich will leben, leben!

Die siebzig Jahre sind mir verflogen, als hätten sie mir nicht gehört. Jetzt endlich wollte ich beginnen, ich sah einen Stern, meinen Stern, mit dem ich wieder jung werden, mit dem ich die Schrecken des Vergehens verjagen wollte.

Verloren. Verloren.

Ihr spielenden Kinder, was wißt ihr von den Gedanken eines Abschiednehmenden? Was wißt ihr anderen, ihr Aufgeputzten, Sorglosen, von dem tiefen Abgrund, in den ich gestürzt bin!

Ich habe gehofft wie ein Verzweifelnder. Ich habe geglaubt, die Jugend würde mir noch einmal die Hand reichen. Ich habe gebettelt um Liebe. Ich habe zum Schicksal gebetet. Muß denn das sein, daß das, was des Menschen Glückseligkeit macht, wieder die Quelle seines Elends wird?

Das junge Herz hat mich zurückgestoßen; es will, daß ich alter Mann für immer vom Leben geschieden sei. Es ist Winter, sagt es, begreife!

Ja, ich begreife. Vorbei der Frühling, vorbei der Sommer, vorbei der Herbst. Winter!

Weint mit mir, ihr Bäume und Tiere, die ihr ruhiger endet als ich. Ich bin schlimmer getroffen als ein waidwundes Tier.

Ich habe nichts mehr; nur noch den Weg zum Ende.

Verloren meine Eurydike, meine letzte Liebe. Ich muß zurückkehren in die Einsamkeit, und Stunde um Stunde und Tag und Tag warten, bis zum Ende. Bis man mich fragt, ob ich bereit sei.

Nein, nein, ich bin noch nicht so weit! Wartet, bis ich ruhiger bin; bis ich allen Adieu gesagt habe. Wartet noch!

Alt.

Alt und sterbensmüde.

Ich habe Herzschmerzen, und mir wird schwindlig. Der Arzt–« Hier brach seine Eintragung ab. Er verbarg hastig das Heft, ohne den Satz zu Ende geschrieben zu haben, und klingelte.

John fand ihn zusammengesunken im Sessel. Er schrie nach Stadelmann, und beide zusammen brachten Goethe zu Bett.

John holte Dr. Heidler.

Gegen zwei Uhr wurde Goethe zur Ader gelassen.

Der Arzt war noch einmal nach Hause geeilt, um die Schröpfköpfe zu holen.

»Ein Talglicht anzünden, Stadelmann. Besser zwei.«

Er drehte zwei Schröpfköpfe über den Flammen.

»Ich erhitze die beiden kleinen Glasglocken, um die Luft zu verdünnen. Dadurch bekommen sie die Saugfähigkeit.« Stadelmann und John nickten düster.

Auch Goethe schien zuzuhören.

Er winkte den Arzt heran und betrachtete die Instrumente.

»Mittels des Schneppers«, erklärte ihm Dr. Heidler,

»wird eine Anzahl von feinen Einschnitten in die Haut gemacht, denn wenn ich den Saugkopf auf die Haut gesetzt habe, springen durch einen Federdruck kleine Lanzettenklingen heraus und ritzen die Haut. Die im Schröpfkopf verdünnte Luft wirkt saugend, zieht das Blut aus der Umgebung nach dieser Stelle und sammelt es in der kleinen Glasglocke.

Das ist das ganze Geheimnis. Im Lateinischen heißt es Scarificatio.«

»Sacrificatio wäre besser«, sagte Goethe schwer atmend, »das war das Blutopfer der Antike. Tut es weh?« fügte er besorgt hinzu.

»Wie ein oder zwei Nadelstiche. Sie werden danach deutliche Erleichterung verspüren, Exzellenz.«

»Dann gut. Opfern wir.«

Der Arzt entblößte Goethes Oberkörper und setzte ihm die beiden Schröpfköpfe auf die Brust.

Die Prozedur dauerte lange, das Blut wollte zunächst nicht kommen.

Der Arzt wechselte mehrmals die Stelle.

Goethe sprach nicht. Er verhielt sich still mit einer fast angstvollen Miene.

Als das Blut lief, war das Schröpfen in wenigen Minuten getan. Kurioserweise ließ sich Goethe das Blut zeigen, worüber Dr. Heidler lächelte.

Er empfahl dem Patienten, im Bett zu bleiben, aber das Essen nicht zu versäumen. Goethe lehnte ab.

Er schien sehr müde und schlief auch tatsächlich, als alle gegangen waren, bald ein.

Am späten Abend verlangte er eine Tasse Tee.

Danach drehte er sich zur Wand. John hatte deutlich

den Eindruck, als wollte der Geheimrat allein gelassen sein und »von der Welt nichts wissen«, wie er zu Stadelmann im Vorzimmer sagte, wo er vorsichtshalber noch bis Mitternacht blieb.

Inzwischen sortierte und säuberte Stadelmann die karge Ausbeute, die er vom Wolfsberg mitgebracht hatte.

Die Nacht verlief ruhig.

Am nächsten Morgen erwachte Goethe seiner Gewohnheit nach um sechs Uhr, stand auf, wusch sich, zog sich an und klingelte nach einem doppelten Frühstück.

Darauf war das Haus von Madame Döltsch so früh nicht eingerichtet, und er mußte eine Weile warten.

Er verspürte gesunden Hunger und murrte vor sich hin. Dann aß er mit bestem Appetit.

Ab und an trat er zum Fenster, um die Kutschen zu beobachten, die vor dem Brösigkeschen Hause warteten.

Gepäck wurde aufgeladen, die Kutscher nahmen den Pferden die Futtersäcke weg.

Bei dem ersten Anzeichen, daß die Damen erscheinen würden, verließ Goethe den Gasthof, nicht ohne seltsamerweise den Spazierstock mit dem silbernen Knauf mitgenommen zu haben.

Er trat in dem Augenblick zu den Wagen, als Frau von Levetzow am Arm ihres Vaters erschien. Ulrike, Amélie und Bertha folgten.

Die Levetzows waren offensichtlich etwas verlegen.

»Spät kommt Ihr, doch Ihr kommt!« zitierte der alte Brösigke ungeniert Schiller. Goethe versteifte sich.

»Ich komme«, sagte er ernst und würdig, »um den Damen eine gute Reise zu wünschen und au revoir zu sagen.«

Frau von Levetzow suchte nach Worten: »Ich war im Begriff, zu Ihnen hinüberzugehen, um uns zu verabschieden. Ach, wären Sie doch heute früh gekommen!«

Brösigke polterte: »Da ging alles drunter und drüber. Das ist nichts für den Geheimrat.«

Er schien die Situation abkürzen zu wollen: »Vorwärts, Kinder!«

Goethe sah ihn strafend an. Aber man wartete vergebens auf etwas von seiner Seite.

Die Schwestern trippelten auf die Wagen zu und schürzten die Röcke.

Alles war sehr verfahren.

Goethe hatte vor Unmut gerötete Wangen.

Er trat an Frau von Levetzow heran und legte seinen Kopf einen flüchtigen Augenblick lang an ihre Wange und dann gleichmäßig an die der Töchter.

Man stieg endlich ein.

Die Pferde zogen an.

Der alte Brösigke und – aus dem Türrahmen – die Bediensteten winkten. Goethe verbeugte sich.

Die Wagen entschwanden.

Man fuhr der Sonne entgegen. Der Tag versprach schön zu werden.

Im ersten Gefährt saßen die Damen Levetzow. Im zweiten die Zofen mit dem Gepäck.

Lange Zeit hing jeder seinen Gedanken nach, und die schienen nicht die angenehmsten zu sein.

»Wie schade«, seufzte Frau von Levetzow, »daß der Abschied so unnatürlich verlaufen ist.«

»Mir tut es auch leid«, sagte Ulrike.

Amélie war wenig beeindruckt.

»Die Frage ist, ob es auch ihm leid tut«, sagte sie.

»Ich glaube wohl, Amélie.«

»Und warum hat er es dann auf die letzte Minute ankommen lassen?«

»Wer weiß.«

»Ja, was glaubt er denn? Sollen wir rätseln? Er kann doch offen sprechen. Er hat auch Dienerschaft, die er hätte herüberschicken können. Ich kann mir nicht helfen, Maman, mir kommt es immer vor, als genieße er dergleichen Auftritte.«

»Pfui, Amélie.«

»Du sagst pfui. Dennoch habe ich recht. Er genießt alles.«

»Nein, das geht zu weit, schweig still. Du weißt, was vorausgegangen ist. Das ist für ihn sicher sehr schwer zu ertragen gewesen.«

»Und bald, chère Maman, wird es ein Gedicht oder ein Drama werden.«

»Betrübe mich nicht auch noch, Amélie. Du bist altklug. Was weißt du, wie es in der Brust eines Vierundsiebzigjährigen aussieht!«

»Ich weiß es nicht. Natürlich nicht. Ich bin achtzehn. Muß ich denn wissen, wie es in der Brust eines alten Mannes aussieht?«

»Du solltest versuchen, es zu fühlen.«

»Maman, das sind andere Welten! Wie kommt er eigentlich dazu, von mir oder von Ulrike zu erwarten, daß wir mit ihm gleich fühlen?«

»Gott, Kind, ist das denn so schwer?«

»Sehr schwer. Mehr noch: es ist nicht möglich, oder wir wären ganz unnatürlich. Wie kommt Goethe dazu, sich auszunehmen aus dem Alter? Wieso muß ich unseren Großpapa als Großpapa aus einer anderen Zeit ansehen, und ihn nicht? Liebe! Liebe! Wie würdest du sprechen, Maman, wenn Großpapa die jüngste Tochter von Nostitzens begehren würde?«

»Was wissen wir, wie ...«

»Maman, ich will es nicht wissen. Es ist wider alle Natur, ich will es nicht wissen! Ich hasse das Problem, das er da heraufbeschworen hat. Er hat unseren Frieden zerstört.«

»Sei still! Du hast gar nichts zu hassen. Du sprichst unerträglich.«

»Pardon, Maman! Ich schweige.«

Ulrike war in weicher Stimmung: »Was mag er jetzt gerade machen?«

»Kind, erinnere mich nicht daran. Ich bin traurig. Ich weiß, wie weh eine Sehnsucht tut, die nicht erwidert wird.«

»Warum ist er nur nicht schon gestern gekommen? Eine Ablehnung ist doch keine Beleidigung.«

»Vielleicht war er krank, Ulrike.«

»Er wird es«, sagte Amélie, »der Welt schon mitteilen. In Versen.«

»Genug jetzt«, rief Frau von Levetzow ernstlich böse, »ich will nichts mehr von dir hören, Amélie!«

Ulrike schien bedrückt: »Werden wir ihn nun nie mehr wiedersehen?«

»Aber ja«, lächelte Amélie, »in Karlsbad.«

»Amélie! Verdirb uns nicht die Ferien!«

»Ich? Ich?«

Goethe schien nach dem Abschied alle Lebenskraft verloren zu haben.

Er hatte Brösigke noch einen Besuch gemacht, sich auch noch – sehr früh schon – zu Tisch gesetzt und dann gleich niedergelegt.

Aber er konnte nicht einschlafen.

Er stand auf, holte sein Heftchen hervor und schrieb mit zittriger Hand:

»Alles, was mich leben machte, ist geschieden. Ich bin müde. Und wenn ich mich zu Bett legen werde, so ist es der Wunsch zu vergessen. Ich weiß, daß ich nichts ungeschehen machen kann. Ich weiß, daß nichts meinen Traum mehr retten kann, den ich mir von Marienbad als meinem Wallfahrtsort und von Ulrike als meinem wundertätigen Heiligenbild gemacht habe.

Es geht über meine Kräfte. Würden mich die Menschen jetzt sehen, der alte Mann würde sie jammern. Ich will schlafen und an nichts mehr denken. So soll der beschämende Tag vergehen.«

Gegen Abend kam Dr. Heidler noch einmal, um

nach seinem Patienten zu sehen. Er fand ihn lethargisch, aber körperlich kräftig.

Er erkundigte sich nach dem Appetit, und Goethe meinte, er könne nicht klagen. Ob man noch einmal schröpfe?

Dr. Heidler war kein Freund von Eingriffen, die nicht nötig schienen. Man fühle sich danach immer etwas matt, und das sei schade; morgen käme Frau Milder, die berühmte Sängerin, zu ihm zu Besuch. Gewiß werde sie für den Herrn Geheimrat, sofern er ihr die Ehre geben wolle, etwas singen.

Er versuchte Goethe vom Schröpfen abzulenken und fügte verlockend hinzu: »Eine große Stimme; Berlin vergöttert sie.«

»Ich weiß«, sagte Goethe. »Ich bin sicher, daß ich mich morgen ausgezeichnet fühlen werde. Schröpfen wir also ruhig noch einmal.«

Die Prozedur vom Vorabend wiederholte sich, und Goethe sah mit großem Interesse zu. Es bereitete ihm sichtlich Genugtuung, daß an ihm eine ärztliche Handlung vorgenommen wurde.

Als Dr. Heidler ging, versprach er, morgen zum Tee zu erscheinen. Es lag in seinem Ton etwas von Zerstreutheit.

Dann klingelte er nach John. Die Erwartung, etwas zu tun, belebte ihn sogleich.

Der Sekretär eilte besorgt herbei. Er hatte an wer weiß was Schlimmes gedacht und mußte das Tagebuch erst holen.

Goethe diktierte ihm vom Vortag: »Der Großherzog besuchte mich in meiner Wohnung.« Nichts weiter.

Vom heutigen Tage ließ er zum grenzenlosen Staunen Johns schreiben: »Zwei Gedichte vollbracht. Absendung verschiedener Kisten. Nachmittags briefliche Expeditionen an das Museum der Vaterländischen Gesellschaft in Prag. Suite vom Wolfsberg, nach Tepl an Pater Prior Clemens Eckl. Abends mehrere Briefe durch meinen Sohn erhalten. Zugleich das Brewsterische Sendschreiben von Edinburgh.«

»Herr Geheimrat – das alles ...«

John war geradezu entsetzt.

»Was ist?«

»Soll ich das eintragen ...?«

»Ja.«

»Und die Erkrankung, Herr Geheimrat ...?«

»Was ist mit ihr?«

»Spätere Zeiten, Herr Geheimrat, werden nicht wissen ...«

»Eben.«

John nickte verwirrt. Er stand auf und wartete.

»Worauf warten wir?«

»Auf – auf nichts«, stotterte der Sekretär.

»Gut«, sagte Goethe. »Morgen packe man die Koffer und Kisten, wir fahren tags darauf für vier oder fünf Tage nach Eger. Stadelmann bleibt hier. Frühstück wie immer. Gute Nacht.«

Ehe er sich schlafen legte, ging er nochmals ins andere Zimmer hinüber. Er warf einen prüfenden Blick aus dem Fenster nach dem Himmel, klopfte an das Barometer und rückte den Zeiger nach.

Darauf setzte er sich und zog sein Heft aus der Schublade. Eine Weile starrte er gedankenverloren darauf. Dann kramte er einen alten Zettel hervor und notierte:

»... begreif ich nicht, wie du wo anders bist.«

Nach einigem Nachdenken kritzelte er: »Im fernen Bad«, strich es durch und verbesserte: »Am heißen Quell.« Er erhob sich und schritt im Zimmer auf und ab.

Für einen Moment trat er wieder zum Schreibsekretär und notierte im Stehen:

»denn wie ich dich so ganz im Herzen trage, begreif ich nicht ... bist.«

Dann nahm er seine Wanderung wieder auf. Er hatte die Hände auf den Rücken gelegt und den Kopf gesenkt.

So pflegte er in Weimar zu diktieren, und es sah aus, als diktierte er hier sich selbst. Er bewegte die Lippen.

Schließlich schien er es gefunden zu haben. Er setzte sich wieder und schrieb in sein Heft:

»Am heißen Quell verbringst du deine Tage,
das regt mich auf zu innerm Zwist;
denn wie ich dich so ganz im Herzen trage,
begreif ich nicht, wie du wo anders bist.«

Er überlas es.

Dann nahm er einen Briefbogen und schrieb die Verse säuberlich und mit zierlichen Anfangsbuchstaben noch einmal ab.

Er faltete den Bogen, kuvertierte ihn und setzte die Adresse darauf:

»An
Baronesse Ulrike von Levetzow
Gnaden.
Karlsbad
Im Goldenen Strauß.«

Nachdem er sein Heft wieder weggeschlossen und den Brief zu seinem Reisegepäck gelegt hatte, begab er sich zum Fenster. Im Anblick des düsteren Himmels sagte er laut: »Ach, wie ist das alles elend«, und seufzte.

Er trocknete sich die feucht gewordenen Augen.

Der »tätige Mensch«, den er so oft im Leben zitiert hatte, wurde in ihm am nächsten Tage wieder lebendig. Es galt, zu handeln; er hatte zu tun.

Seine Zimmer waren bald ein solcher Wirrwarr, daß man nicht nur an eine kurze Reise, vielmehr an einen endgültigen Abschied von Marienbad denken konnte. John und Stadelmann rannten durcheinander.

Kurz vor Tisch kleidete Goethe sich um und machte sich auf den Weg zum Großherzog.

Carl August kam ihm unsicher entgegen. Er versuchte zu erraten, in welcher Verfassung der Freund war.

Offenbar in einigermaßen guter.

»Um es vorwegzunehmen«, begann der Großherzog, »können wir zusammen speisen, oder hast du etwas vor?«

»Nein, ich habe nichts vor.«

»Dann bleibst du, und wir haben Zeit.«

»Ich bin gekommen, um Euer Durchlaucht noch einmal zu danken.«

»Ich will keinen Dank und vor allem kein Durchlaucht hören. Wie geht es dir? Du hast gestern den Arzt rufen lassen?«

»Ja. Ich fühlte mich sehr schlecht. Zwanzig Jahre früher hätte mein Gemüt es leichter ertragen.«

Carl August nickte.

Da Goethe schwieg, fragte er: »Du willst nicht darüber sprechen?«

»Was gäbe es zu sagen?« antwortete Goethe fast leichtfertig. »Es ist eine Geschichte, die mir noch viel zu schaffen machen wird. Aber ich werde darüber hinauskommen. Iffland hätte ein charmantes Stück daraus fertigen können –«

»Sprich nicht so! Laß die Maskerade, alter Knabe.«

»– ein charmantes Stück: ein alter Onkel, der seine junge Nichte allzu heftig liebt.«

»Wir kennen die wahren Gründe der Absage nicht und ...«

»Ach, das sind lauter Scheingründe; so etwas ist rhetorisch recht hübsch und gut, aber es kann mir nicht helfen. Verloren bleibt verloren. Alle Einbildung kann mir die glückliche Vergangenheit nicht wiedergeben.«

»Aber es kann dir auch niemand das Erlebnis rauben. Ulrike ist verloren; aber ist sie, nur sie, das Erlebnis gewesen? War das Erlebnis nicht die Liebe an sich? Kann es nicht sein, daß deine Leidenschaft für das Mädchen nicht exklusiv war, und daß nicht dieses einzelne Menschenkind, sondern das gesteigerte Bedürfnis deiner Seele nach Mitteilung und Mitgefühl deinen Gemütszustand herbeigeführt hat?«

»Wird das die Welt sagen?«

»Gerade die, die sich berufen fühlen, seelische Regungen zu analysieren, könnten es sagen. Das jedoch sollte uns gleichgültig sein. Ich habe dir nur helfen wollen, deine Liebe als Erlebnis und weniger den Gegenstand deiner Liebe in Erinnerung zu pflegen.«

»Du sprichst sehr klug. Ich verstehe gut, was du meinst. Mich hat gestern abend derselbe Gedanke angeflogen, und ich bin noch elender geworden.

Wenn ich nicht die Erinnerung an Ulrike pflegen kann, soll ich dann nur die Erinnerung an eine späte männliche Erregung pflegen? An einen Aufstand der Säfte, um es gemein zu sagen?

Nein, dazu ist mir Ulrike zu kostbar.«

»Natürlich. Du weißt, wie ich es meinte.«

»Ja. Du meintest es gut. Meine Natur muß mir helfen, sonst kann es niemand.«

»Ich habe Ulrike auch gern gehabt«, sagte der Großherzog, »und hätte sie mit Freuden in Weimar gesehen. Bertha wäre wohl mitgekommen?«

»Ich hatte mich damit vertraut gemacht, daß alle zu mir ziehen.«

»Amélie sicher nur für kurze Zeit. Sie ist der liebe Quirl, den sich bald jemand holen wird.«

»Meinst du? Sie ist sehr widerspenstig.«

»Gegen dich?«

»Gegen alle.«

»Besagt nichts. Eines baldigen Tages wird sie davonfliegen.«

»Nun ja, irgendwann. Ich denke, obwohl ihr Schicksal nicht mit meinem verflochten ist, ungern daran.«

»Wieso?« wunderte sich der Großherzog.

»Ich möchte nicht daran denken, daß auch Ulrike eines Tages dem Beispiel ihrer Schwester folgen könnte. Ich möchte auch nie erfahren, daß sie einem anderen gehört.«

»Die Mutter wird wohl auch wieder heiraten.«

»Was sagst du da?«

»Hast du nichts bemerkt?«

»Nein. Was soll ich bemerkt haben? Wen?«

»Klebelsberg.«

»Ah! Nun ja. Was geht mich das alles noch an.«

»Er ist bereits den Levetzows nachgereist.«

Goethe schien genug von diesen Nachrichten zu haben und dachte wieder an sich.

»Auch ich verreise«, sagte er, »dies sollte zugleich meine Abschiedsvisite sein. Ich fahre für einige Tage zu Rat Grüner nach Eger. Man packt bei mir schon.«

»Wieso packt man, wenn du zurückkommst?«

»Seit heute früh habe ich meinen Plan geändert. Ich wollte Stadelmann hier lassen und mit John reisen. Ich habe es mir überlegt. Ich fahre allein nach Eger. Meine Leute kommen nach, und dann fährt John mit der Post nach Karlsbad voraus und macht für uns Quartier.«

Der Großherzog war geradezu erschrocken.

»Nach Karlsbad? Du scherzt!«

»Warum soll das ein Scherz sein?«

»Du hast das im Ernst vor?«

»Ja.«

»Du willst Ulrike nachreisen? Ja, was beschwörst du da herauf!«

»Nichts.«

»Na, ich danke! In welchem Licht wirst du stehen?«

»Eines Freundes.«

»Du hast doch nicht etwa immer noch Hoffnungen?«

»Keine.«

Der Großherzog schüttelte den Kopf. »Und was suchst du dort?«

»Die Wärme. Mich friert.«

Carl August schwieg.

Dann sagte er:

»Du wirst danach um so mehr frieren. Warum willst du den Abschied wiederholen? Tu es nicht!«

»Ich kann nicht anders. Es zieht mich mit tausend Fasern zu ihr.«

»Um den Abschiedsschmerz noch einmal zu durchleben. Ist das richtig?«

»Zum Teufel, ja. Ich muß noch mehr herunter, noch mehr leiden, noch mehr gedemütigt werden, um wieder aufzuerstehen.«

»Was stimmt denn nun?« rief Carl August fast ärgerlich, »suchst du die Wärme, oder suchst du die tiefere Verwundung?«

Goethe war den Tränen nahe.

»Ich weiß es nicht.«

Er erhob sich und reichte dem Großherzog die Hand.

»Wir sehen uns in Weimar wieder. Du wie immer, und ich wie immer. Leb' wohl, Durchlaucht.«

»Halt dich gut, Exzellenz. Leb' wohl.«

IX

Amélie hatte am Fenster gestanden und die Ankunft des Postwagens beobachtet. Jetzt drehte sie sich mit allen Zeichen der Bestürzung um und rief:

»John!«

Ihre Mutter und die Schwestern sahen sich verständnislos an.

»Goethe kommt!« stieß Amélie ganz verwirrt hervor.

»Goethe?« stammelte Frau von Levetzow und erhob sich schnell. »Wo?«

»John ist eben aus der Postkutsche gestiegen, Maman!«

»Und wo ist Goethe?«

»Ich habe ihn noch nicht gesehen«, sagte Amélie, »aber wo John ist, ist auch der Geheimrat.«

»Gott, hast du mich erschreckt!« Frau von Levetzow faßte unwillkürlich nach ihrem Herzen. »War es überhaupt John?«

»Ganz bestimmt, Maman. Und er ging auf den ›Goldenen Strauß‹ zu.« Amélie schüttelte den Kopf. »Ich kann es kaum glauben.«

»Was kannst du nicht glauben?«

»Daß Goethe uns nachreist.«

Frau von Levetzow schwieg.

Ulrike trat nun auch zum Fenster. »Ich sehe niemand mehr. Die Post ist weitergefahren.«

»Ich sage dir, Ulrike, ich habe John deutlich erkannt.«

»Und wo soll er jetzt sein?«

»Im Hause. Er wird Zimmer bestellen.«

Ulrike war nun auch empört.

»Das glaube ich nicht. Maman, bitte entschuldige, aber das wäre eine Verirrung!«

Frau von Levetzow runzelte die Stirn. »Nein, das möchte ich nicht hören!«

»Ulrike hat aber recht, Maman, es wäre geschmacklos!«

»Ulrike«, sagte Frau von Levetzow, »hat am wenigsten recht, so etwas zu sagen.«

Die Mädchen schwiegen. Sie horchten und schienen auf das Erscheinen der Zofe zu warten, die John anmelden würde.

Frau von Levetzow betrachtete nachdenklich ihre Töchter.

»Ich bin eigentlich recht traurig«, sagte sie, »es geht mir zu Herzen.«

»Was, Maman?«

»Sieh, Ulrike. Da ist ein großer Mann, ein sehr großer . . .«

»Warum betonst du das Wort groß, Maman?«

»Du bestreitest, daß Goethe . . .«

»O nein, du mißverstehst mich. Ich wollte sagen,

daß das ›groß‹ keine Rolle spielt. Ein namenloser Mann empfindet einen Schmerz oder eine Enttäuschung genau so.«

»So scheint es dir, Kind. Ganz gewiß hast du unrecht. Ein Mensch, der das gedichtet hat, was Goethe uns geschenkt hat, empfindet tiefer, viel tiefer als andere. Sieh mal, in seinem erhabenen Tasso-Schauspiel sagt er an einer Stelle die Worte: ›Wenn der Mensch in seiner Qual verstummt, gab mir ein Gott zu sagen, was ich leide.‹

Rührt das dein Herz nicht? Ahnst du die Gewalt seiner Empfindungen nicht? Er fühlt Freude hundertmal und Schmerz tausendmal so stark.

Vergiß nicht, daß du in deinem jungen Leben noch nie tiefen Schmerz gefühlt hast. Danke Gott dafür! Du wirst denken: seine Verehrung für dich nimmt ihm doch niemand, nur die eheliche Gemeinschaft hast du ihm versagt. Daran stirbt man nicht, nicht wahr?

Aber ich sage dir, Kind, daß du von seiner Liebe nichts, aber auch gar nichts begreifst! Ulrike – ach, wie soll ich es dir nur klar machen! Goethe ist alt...«

»Eben! Eben!«

»Wie?« sagte Frau von Levetzow bitter. »Wirfst du alte Menschen weg? Gehöre ich nicht auch bald dazu?«

»O Maman! Sprich doch nicht so! Ich habe doch nur sagen wollen, daß sich die Natur nicht Lügen strafen läßt.«

»Die Natur? Was ist das? Seine Falten? Sein Embonpoint? Ist das die Natur, die sich nicht Lügen strafen läßt? Nein, Ulrike, die Natur, das ist der Körper *und* die Seele eines Menschen dazu. Was schließt ihn denn aus dem Kreis derer, die leben, lieben, streben, aus?«

Amélie hielt es nicht mehr auf ihrem Platz. Sie sprang auf: »Maman!« rief sie, »Ulrike redet um den heißen Brei herum, weil sie sich geniert, sie ...«

»Du bist nicht gefragt, Amélie!«

»Ich muß sprechen, Maman! Du sagst, wir verstünden dich nicht. Wenn es so ist, dann verstehst du uns aber auch nicht! Wir ...«

»Bemühe dich nicht, Amélie, ich verstehe euch durchaus. Ich will das Gespräch aber nicht fortsetzen, es dreht sich im Kreise. Wogegen du dich wehrst, ist die Vorstellung der ehelichen Gemeinschaft. Für dich ist es eine ästhetische Frage. Gut, gut, ich sehe es ein, obwohl es durchaus vorkommt, daß ein junges Mädchen einen weit älteren Mann lieben lernt und das Altersgesicht auch ästhetisch einer leeren, glatten Larve vorzieht. Gut, gut. Schweig! Ulrike empfindet für den Geheimrat nur töchterliche Gefühle. Die Ablehnung war also natürlich. Ich heiße sie auch gut. Mehr noch: Ich hätte für eine Verbindung das Unerfreulichste befürchtet. Darüber ...«

»Siehst du, Maman!«

»... darüber brauchen wir uns also nicht mehr auszulassen. Was ich aber heftig verurteile und was mich sehr, sehr traurig macht, das ist der Gedanke an Goethe, und ich wünsche mir, daß ihr euch bemüht, das nachzufühlen. Da ist, Amélie, ein Mann, der am Ende seines Lebens steht. Ihr wißt nicht, was das heißt! Es ist viel schrecklicher, als ihr ahnt. Diesem alten

Mann erblüht noch einmal die Liebe wie eine Rose im Schnee. Es ist ganz gleichgültig, liebe Kinder, ob die Liebe echt oder vielleicht nur eingebildet war. Sie hat ihn erfaßt und geschüttelt. Und nun, von einer Stunde zur anderen, sind alle Hoffnungen, sich noch einmal mit Liebe und Jugend zu umgeben, zerstört. Mit einem Schlage ist dieser große Mann mit dem glühenden Herzen wieder alt und am Ende. Er wird zurückkehren nach Weimar in sein liebeleeres Haus, in seine Einsamkeit. Ich bin sehr traurig, sehr, sehr traurig.«

Amélie schwieg.

Sie legte den Arm um die Mutter. Dann sagte sie: »Und warum macht er es sich selbst noch schwerer, indem er uns nachreist?«

»Wir wissen doch noch nicht, ob ...«

»Ganz sicher.«

»Nun gut. Er kommt wohl, weil er noch nicht in die Verlassenheit zurückkehren kann.«

»Wir wollen – nicht wahr, Ulrike? – nett zu ihm sein.«

»Ich danke euch, Amélie und Ulrike. Auch Bertha schließe ich ein.«

Das Gespräch war bis zu diesem Punkt gekommen, als die Zofe klopfte und Herrn John anmeldete.

Er wurde mit Spannung empfangen.

Er machte allen seinen sehr höflichen Kratzfuß, wurde zum Sitzen aufgefordert und dann neugierig betrachtet. Er wartete, angesprochen zu werden, mußte sich aber nach einer Weile entschließen, selbst zu beginnen.

»Ich überbringe«, sagte er gewandt, »die ergebensten Grüße Seiner Exzellenz, den ich in Eger verlassen habe, um hier für ihn Quartier vorzubereiten.«

Frau von Levetzow wiegte den Kopf: »Das wird nicht leicht sein. Die Gasthöfe...«

»Keine Sorge, Frau Baronin. Es ist mir gelungen, hier im Hause die ganze zweite Etage zu belegen. Ich bin glücklich, noch rechtzeitig gekommen zu sein, ehe Karlsbad gar zu voll wird.«

»Ach!«

»Ja, ein glücklicher Umstand, nicht wahr?«

»Sehr glücklich. Aber Sie haben uns noch gar nicht gesagt, daß Seine Exzellenz nach Karlsbad kommt und wann.«

»Oh – war es nicht geplant?«

»Ja, ja.«

»Eben. Seine Ankunft ist für den fünfundzwanzigsten vorgesehen.«

»Morgen schon!« rief Frau von Levetzow fast erschrocken.

»Ganz recht. Wie wird Exzellenz erfreut sein, daß ich Zimmer im Goldenen Strauß belegen konnte.«

»In der Tat, lieber Herr John. Sie sagen, Sie haben den Herrn Geheimrat in Eger verlassen?«

»Seine Exzellenz fuhr bald nach Ihrer Abreise zu Polizeirat Grüner.«

»Mit allem Gepäck?«

»Mit allem.«

»Fühlt er sich nicht wohl bei Rat Grüner?«

»Doch, sehr wohl. Sie hantierten den lieben langen Tag mit den Steinen, und wiederholt machten sie Entdeckungsausflüge mit dem Mineralogen-Hammer.«

»Ist viel Gesellschaft in Eger?«

»Ziemlich viel, Frau Baronin, wie zu dieser Saisonzeit allenthalben in Böhmen.«

»Und hat sich der Herr Geheimrat engagiert?«

»Mit Maßen. Obwohl Exzellenz sich wieder recht wohl fühlt.«

»Fühlte er sich denn schlecht?«

»Ich – ich meine – ich wollte sagen, Exzellenz ist auf dem Posten.«

»War der Herr Geheimrat etwa krank?«

»Krank? O nein! Ich nehme an, wenn Exzellenz sich krank gefühlt hätte, würde er es mir für das Tagebuch diktiert haben.«

»Hm. Und um welche Uhrzeit kann man ihn erwarten?«

»Der Herr Geheimrat wollte gegen sieben Uhr abfahren und drei Stunden später in Zwotau sein. Er beabsichtigt, Frau von der Recke einen Besuch zu machen und vielleicht den Dichter Herrn Tiedge zu treffen. Gegen Mittag gedachte er weiter zu reisen. Er dürfte gegen vier Uhr hier sein.«

In der Tat traf Goethe Punkt vier Uhr im Goldenen Strauß ein. Frau von Levetzow, die die Ankunft seiner Kutsche durch die Gardine beobachtet hatte, fand ihn müde und erloschen. Sie sah, daß er dem Wagen sehr langsam entstieg und recht schleppend über das Trottoir kam.

»Er wirkt sehr abgespannt«, sagte sie über die Schulter zu Ulrike.

»Kommt er?«

»Ja. Er kommt aufs Haus zu. Er geht langsam. Vielleicht hat ihn die Reise arg ermüdet.«

Goethe hatte nicht das Empfinden, abgespannt zu wirken; er fühlte sich eigentlich recht gut. Allerdings – wie er so unter den Blicken der Passanten über die Straße ging – merkte er, daß ihm die Umwelt gleichgültiger war als früher; ja, er dachte im Moment nicht einmal daran, daß er aus dem ersten Stock beobachtet werden konnte.

Er wurde im Gasthaus würdig empfangen und in seine Zimmer geleitet, die recht schön waren und eine freundliche Aussicht boten.

Blumen von Levetzows waren diesmal nicht da. Dafür ein Wägelchen hoch beladen mit Köstlichkeiten, geschickt mit vielen Grüßen vom Grafen Klebelsberg. Goethe stöberte sofort darin herum, nahm die Viktualien und Früchte in die Hand, vor allem herrliche Feigen und Aprikosen, an denen er mit Behagen roch.

Man kümmerte sich also um ihn. Er fühlte sich sofort wohl. Man umhegte ihn, das gab ein anheimelndes Gefühl. Und unter ihm, aus der ersten Etage, konnte er Türenklappen hören. Der Gedanke an Levetzows erwärmte ihn.

Er ließ sich Zeit. Es war heiß, und er wollte sich zunächst erfrischen.

Erst am Spätnachmittag begab er sich hinunter. Die Töchter empfingen ihn mit herzlicher Gebärde, Ulrike überwand sich, ihn zu umarmen.

Frau von Levetzow nötigte ihn in den bequemsten

Fauteuil, polsterte ihn rechts und links sogleich mit Königsberger Marzipan und Schokoladenplätzchen aus und ging ihm, trotz schmerzlicher Gedanken an ihr zunehmendes Gewicht, mit gutem Beispiel und fröhlicher Miene voran. Die Kinder saßen recht unkonventionell rund um ihn herum, Amélie hockte sich sogar auf die Stuhllehne von Bertha.

Frau von Levetzow erkundete vorsichtig, was ihm lieber wäre, erzählen oder zuhören. Kein Zweifel – er wollte erzählen. Er war ganz erfüllt von seinen mineralogischen Expeditionen in Eger und davon zunächst nicht abzubringen.

»Ich habe mich«, sagte er in gemächlichem Tonfall, »gesellschaftlich wenig ausgebreitet, ja, ich habe sogar einmal Graf Trautmannsdorf nicht empfangen mögen. Wir, Grüner und ich, waren in die Mineralien vertieft, die seit einem Jahr neu in seiner Sammlung waren. Grüners ältere Schwester hatte bei der Katalogisierung recht hübsch geholfen. Über diese Besichtigung und den Tauschhandel verging der Nachmittag. Bei schönstem Sonnenuntergang fuhren wir dann noch bis auf die Höhe von Mühlbach. Die Abendstunden verbrachte ich angenehm, die Tage in Eger zu rekapitulieren.«

»Aha«, sagte Frau von Levetzow.

»Gestern nun«, fuhr Goethe fort, »unternahmen wir die von mir so begierig erwartete Fahrt zum Rehberg. In einem kleinen, aber reinlichen Bauernwirtshaus in Gosel aßen wir zu Mittag. Dann ging es durch Kiefernwäldchen auf sandigem Wege, wo Tonschiefer mehr oder weniger verwittert stand, zum Rehberg und von dort nach einem Päuschen hinab in das Dorf Boden, das am Fuß eines offenbar vulkanischen Hügels liegt. Hier fanden wir sehr quarzreichen, wellenförmigen Tonschiefer und pyrotypisches Gestein aller Art.

Wir kamen also mit reicher Beute heim.

Ich schrieb abends noch ein paar Briefe, und heute sehr früh am Morgen ging es ab nach Karlsbad.

Habe ich Sie durch meinen Bericht sehr gelangweilt?«

»Aber überhaupt nicht!« beteuerte Frau von Levetzow erlöst. »Erzählen Sie mehr! Aber könnten wir dabei nicht einen Spaziergang machen? Sagen wir zum Posthof? Vielleicht hört man einiges?«

Man spazierte zum Posthof.

Goethe gab ein gemächliches Tempo vor.

»Wissen Sie, meine liebste Freundin«, – er sprach fast immer die Mutter an – »ich versuche, die Zeit ein wenig aufzuhalten, indem ich alles um eine Kleinigkeit verlangsame, sofern ich mich gerade wohlfühle. Und das tue ich, seit ich wieder in Ihrem Kreise bin.«

Er lachte. »Ein hübscher Taschenspielertrick, nicht wahr?«

»Ein überraschender Gedanke!« rief Amélie, und Ulrike nickte heftig.

»Man könnte«, sinnierte Goethe, »ihn sogar untermauern. Je kürzer ein Tier zu leben hat, desto rascher und heftiger sind seine Bewegungen. Die Eintagsfliege erledigt – ich verstehe das Wort im Sinne des Muß ihres Lebens – jede Phase um so viel schneller und kürzer, als die ihr zugeteilte Zeitspanne ist, im Vergleich zu einem Vogel zum Beispiel. Denken Sie daran –«, er sprach wieder zu Frau von Levetzow, »welchen Eindruck es macht, wenn ein Elefant ein Bein vor das andere setzt! Kann man sich des Eindrucks erwehren, man habe ein Tier vor sich, das zweihundert Jahre Zeit hat? In Wahrheit ist es auch wirklich so. Nur habe ich bei meinem Taschenspielertrick Ursache und Wirkung höchst optimistisch vertauscht.«

Frau von Levetzow lächelte.

»Dennoch«, fuhr Goethe fort, während Amélie in die Poststation sprang, um sich die Anschläge anzusehen, »dennoch könnte mein Trick seine reale Wirkung haben. Ich meine, nicht primär über die Physis, wohl aber sekundär über die Psyche.«

»Welch schöner Gedanke, lieber Freund!«

»Spätere Zeiten werden da noch tief schürfen können. Die Stelle ist ergiebig und wird Gold zutage fördern.«

»Glauben Sie?«

»Ich spüre es. Ich bin«, er lächelte, »ja schließlich Mineraloge! Gibt es etwas Neues, Amélie, mein liebes Kind?«

»Nein, nichts, Herr Geheimrat!« Amélie war natürlich wieder so verwegen die Stufen herabgesprungen, daß sie sich erst einmal die Haare aus der Stirn streichen mußte. »Aber Ihre Ankunft ist angeschlagen.«

»Wie das?« wunderte sich Goethe. »Ich bin doch nicht mit der Post gekommen!«

»Das machen hier in Karlsbad die Gasthöfe bei prominenten Gästen.«

»Aha! Warst du denn auch angeschlagen?« scherzte er.

»Bewahre! Aber Graf Klebelsberg war es.«

»Sehen wir den splendiden Spender meiner Leckereien eigentlich bald?« fragte er Frau von Levetzow.

»O ja! Er wollte zum sun downer, wie die Engländer das nennen, zu uns kommen. Wir wollen umkehren und dann noch ein Stündchen vor der Tür sitzen.«

»Vor der Tür? Vor der Tür?« Goethe dachte erschrocken an den Verkehr, die Passanten, die Blicke der zu dieser Zeit umherschlendernden Kurgäste.

»Wir haben das mit dem lieben Klebelsberg schon mehrmals gemacht. Man sitzt zwischen den Topfbäumchen an den hübschen Tischchen – Sie möchten es nicht? Graf Klebelsberg erwartet uns dort.«

»Doch, doch!« beeilte sich Goethe zu versichern aus Besorgnis, sie müßten sich trennen.

Sie waren nicht die einzigen »vor der Tür«, was Goethe mit Erleichterung feststellte.

Es saß sich gut dort. Wahrhaftig, dachte er, es sitzt sich behaglich hier.

Die Sonne warf noch ihre vollen Strahlen auf die Baumkronen und die Giebel der Häuser. Es war sieben Uhr. Mit preußischer Pünktlichkeit erschien Klebelsberg. Goethe erhob sich (entweder vor dem Namen oder vor den saftigen Feigen oder vor dem Publikum) und dankte dem Grafen mit fast verschmitzten Worten.

»Lukullisch gesehen«, lächelte Klebelsberg zurück, »haben Sie recht; soldatisch gesehen sind die Feigen verächtlich.«

»Aha!« sagte Goethe. »Das könnte mir Schiller geantwortet haben. Übrigens führt die Frucht ihren

Namen mit geringerer Berechtigung als die Eigenschaft. Sie sollte besser Fige heißen und der Eigenschaft den Doppelvokal überlassen, denn schon im Mittelhochdeutschen hieß das Adjektiv ›veige‹.«

»Ich nehme einen ganz winzigen Whisky«, rief Klebelsberg der Kellnerin zu und fuhr dann fort: »Wenn ich mir vorstelle, lieber Herr Geheimrat, wie Ihr ganzes Wissen in lauter kleinen Röllchen zusammengepfercht in Ihrem Kopf liegt, Millionen und Millionen Röllchen, so muß da ein fürchterliches Gedränge sein. Stellen Sie sich dagegen vor, wie bequem in meinem Kopf alles lagert. Da liegen die paar Röllchen so locker wie die Akten in den Regalen unserer Behörden. Auch so leicht angestaubt.«

Goethe lachte: »Sie haben ein paar bemerkenswerte Röllchen, lieber Graf, die mir abgehen. Sie haben es soeben bewiesen!«

Frau von Levetzow war herzlich froh, daß das Gespräch so angenehm lief. Amélie lachte bei den »Röllchen« so hell, daß ihre Mutter ihr mit dem Finger drohte.

»Lassen Sie«, sagte Goethe. »Es gibt so wenig Gelegenheiten zum Scherz im Leben, und ein fröhliches Lachen ist so herzerfrischend. Ein Mensch hält einen Aal am Schwanze fester, als er sein Lachen halten kann.«

»Besonders ein junges Mädchen.«

»So muß es auch der Natur nach sein. Sehen Sie, liebe Freundin, mir ist erst sehr spät aufgefallen, daß mein Gretchen im ›Faust‹ nie einen Scherz macht und auch nie über einen Scherz zu lachen Gelegenheit hat. Ungewollt habe ich das Geschöpf charakterisiert. Ich hatte dieses Gretchen in meinem Innern schon vorgezeichnet als verhängnisverstrickt und unfrei.«

»Aber einmal, Herr Geheimrat«, warf Ulrike ein, »sagt sie doch ›oh, es beliebt dem Herrn zu scherzen‹!«

»Leider, mein Kind, sagt sie das nicht, sondern Marthe. Und auch die sagt es in einem trüberen Sinne.

Nun ja, lassen wir das. Ich habe sie damit schon richtig gezeichnet. Sprechen wir von etwas anderem! Was gibt es Neues auf dem Karlsbader Rialto, lieber Graf?«

»Die Gesichter vom Vorjahr.«

»Doch nicht etwa die gleichen wie in Marienbad?«

»Einige wenige, zum Beispiel wir. Sonst aber andere Kreise. Graf Zabuesneg, Graf Zenigeo, der etwas Undurchsichtige, Graf Fredo, Kugeski, der aus Marienbad kam, Fürst Hohenzollern-Sigmaringen, bei dem ich in einer Stunde zu Abend esse, Madame Gajewska, die Dichterin, und so weiter, und so weiter. Der Fürst würde sich sehr glücklich schätzen, Exzellenz kennenzulernen.«

»Sagen Sie ihm, ich fühle mich geehrt.«

Nach einigem Zögern fügte er hinzu:

»Aber lassen wir es bitte bei dieser einen neuen Begegnung bewenden. Ich gestehe, daß ich mich früher immer gefreut habe, zur Kur nach Böhmen zu kommen. Ich habe die Kur zwar oft nötig gehabt, nötiger jedoch die Luft, die hier weht, die Luft der großen Welt.«

Er sprach eigentlich mehr zu sich selbst, als zu seinen Zuhörern.

»Weimar ist klein geblieben, obwohl es groß wurde. Da haben wir die herzogliche Gesellschaft, da haben wir so gute, ehrbare Namen wie Stein und Müller, und da haben wir den engen Kreis der alteingesessenen kleinen Nobili, die gar nicht wie Nobili leben, sondern wie Bürgerliche. Nichts dagegen einzuwenden, aber alles eng, eng, eng, ohne Glanz, ohne Berührung mit der großen Welt. Ich litt an Hunger danach und frühstückte wenigstens einmal im Jahr an dem reichen Tisch hier in Böhmen.

Verstehen Sie?«

Klebelsberg nickte.

Goethe fuhr fort: »Wenn Sie das verstehen, werden Sie aber das Kommende nicht verstehen. Ich habe mich seit kurzem, seit sehr kurzem, gewandelt.

Ich weiß jetzt, daß ›eng‹ gleich ›warm‹ ist, und daß der Lufthauch der großen Welt so kalt und sauerstoffarm ist wie in dreitausend Metern Höhe.

Meine Stellung erlaubt mir, auf einem Gipfel zwischen anderen Gipfeln zu stehen und weit über das Tal zu schauen. Dort unten liegen die kleinen Häuser, winzig und ohne den Blick in die Weite und ohne die Majestät der Umwelt.

Hier oben in der Gipfelwelt muß man frei von Schwindelgefühlen, frei von dem Wunsch nach der Menschheit und frei von dem Wunsch nach Geborgenheit sein.

Unten – da ist sie. Ich sehe die blühenden Bäume, den hellen Rauch, der aus den Kaminen steigt, ich sehe die Liebenden abends um den runden Tisch im Scheine der milden Lampe sitzen, ich ahne, wie sie sich an den Händen halten und Blicke tauschen. Verstehen Sie?«

Der Graf nickte abermals.

Goethe lächelte.

»Nein, man kann nicht beides verstehen. Man kann nicht das eine Mal Gast hier, das andere Mal Gast dort sein. Dies ist etwas, was ich stets wußte. Nur glaubte ich meinen Platz in der Gipfelwelt. Ich habe lange genug dort gelebt. Fürst Hohenzollern, Prinz von Preußen, Prinz Trubetzkoj, Durchlaucht, Serenissimus, Reichsgraf, Botschafter, Minister – wo bin ich im Alter gelandet? Hier ›vor der Tür‹, wie Sie, liebe Amalia, so richtig sagten.«

Er erhob sich abrupt.

»Und nun entschuldigen Sie mich bitte. Ich habe das Bedürfnis, mich für ein paar Minuten hinzulegen.«

Frau von Levetzow ließ anfragen, ob es dem Herrn Geheimrat angenehm wäre, mit der Familie zusammen ein kaltes Abendbrot einzunehmen, und Goethe sagte sofort zu.

Sie saßen in der ersten Etage im großen Zimmer; die Nacht war hereingebrochen, im Fensterkreuz stand der abnehmende Mond über dem Dreikreuzberg.

Goethe griff gegen seine Gewohnheit recht herzhaft zu, und als sie in das Wohnzimmer hinüberwechselten, marschierte er mit dem vollen Glas Rotwein hinterdrein.

Man setzte sich zwanglos; wie überhaupt keiner das Gefühl zu haben schien, es sei ein Besuch unter ihnen. Goethe besetzte den Schaukelstuhl und stellte das Glas neben sich auf das Fensterbrett. Er machte keine Anstalten, ein Gespräch zu beginnen. Er fragte nur, wann Frau von Levetzow zu Bett zu gehen pflege, sie antwortete: »Nun, so zwischen zehn und elf«, worauf er zufrieden nickte. Sie bedachte, ob er nach der Reise nicht müde sei, aber er versicherte, er fühle sich äußerst wohl und bäte, noch ein Stündchen die Gesellschaft so lieber Menschen genießen zu dürfen.

Frau von Levetzow versorgte ihn noch mit Wein und Süßigkeiten, nahm dann den Stickrahmen zur Hand und begann, sich mit Sticken zu vergnügen. Amélie fing eine Häkelei an, und ihre beiden Schwestern lasen, Kopf an Kopf, auf dem Sofa gemeinsam den »Schwarzen Zwerg«. Nach einer Weile las Bertha auch einige spannende Stellen laut vor, und Goethe sagte, sie rezitiere sehr artig, nur müsse sie etwas mehr aus sich herausgehen. Später las dann Ulrike eine Seite, wozu Goethe sich nicht äußerte.

Mitunter war das Ticken der Uhr der einzige Laut im Zimmer. In den Bäumen raschelten Nachtvögel, und ein Käuzchen schrie.

»Ein Kauz!« rief Amélie.

»Ja«, sagte Goethe, »ungewöhnlich zu dieser Jahreszeit.«

»Unheimlich, nicht wahr?«

»Im Gegenteil. Die Nacht spricht. Das ist doch schön!«

Mit dieser Bemerkung ließ er es genug sein und schaute wieder dem Sticheln der Mutter zu.

Noch ein friedliches halbes Stündchen, dann stand er

auf, dankte Frau von Levetzow, strich den Töchtern kurz über den Scheitel und ging.

John war noch wach, aber Goethe hatte keine Lust, etwas zu diktieren.

Allein geblieben, nahm er sich sein Heftchen vor, setzte sich, besann sich eine Zeitlang und schrieb dann:

»Liebe Menschen ziehen das Alter an, wie ein Kaminfeuer durchfrorene Wanderer. Und jedes gute Wort ist wie ein Scheit Holz, das man darauflegt. Dies war ein schöner Tag. Und so sei er festgehalten.«

X

Er frühstückte tags darauf »mit der Familie«, wie er jetzt zu sagen pflegte, war aber dann Stunden um Stunden sich selbst überlassen. Es war der Tag des Szymanowska-Konzerts, das er nicht hören wollte. Er wanderte indessen in seinen Zimmern auf und ab.

Die Zeit wollte nicht verrinnen. Er beschloß, sich abzulenken und eine alte Briefschuld an seinen Freund Zelter zu begleichen.

Nachdem er erst einmal die Hürde genommen hatte, ging der Brief schnell vor sich:

»An Professor C. F. Zelter in Berlin.

Auf Deinen teuren Brief, mein Wertester, soll, zugesagtermaßen, noch vor meinem Austritt aus dem böhmischen Zauberkreise, Dir eine Zuschrift gewidmet sein, die Du um so freundlicher empfangen wirst, als ich nichts als Gutes zu melden habe.

Soviel zuerst, daß ich die kurzvergangene Zeit in Marienbad ohne Unbilden und wie ins Leben zurückkehrend zugebracht habe.

Ferner sei gemeldet, daß mir nach jenem überbrachten Kuß, dessen Spenderin Du weißt, noch eine herrliche Gabe aus Berlin gekommen ist: nämlich Madame Milder zu hören, in privatem Kreise; vier kleine Lieder, die sie dergestalt groß zu machen wußte, daß die Erinnerung daran mir noch Tränen auspreßt. Grüße sie zum schönsten!

In völlig anderem Sinne und doch für mich von gleicher Wirkung hörte ich Madame Szymanowska, die eben in diesem Moment hier in Karlsbad ein Konzert gibt, das ich mir aber aus guten Gründen versagen muß. Sie ist eine unglaubliche Pianospielerin; sie darf wohl neben unseren Hummel gesetzt werden, nur daß sie eine schöne, liebenswürdige Frau ist. Wenn Hummel aufhört zu spielen, so steht gleichsam ein Gnom da, der mit Hilfe von Dämonen solche Wunder verrichtete; hört aber sie auf und kommt und sieht einen an, so weiß man nicht, ob man sich nicht glücklich nennen soll, daß sie aufgehört hat, um vor einem zu stehen. Begegne ihr freundlich, wenn sie nach Berlin kommt, und sei ihr behilflich, wo Du es angebracht findest.

Der Maler Hensel überbrachte mir noch in Marienbad Deine Gabe. Auch er, wie so mancher andere, hat ein eingeborenes Talent; was aber daraus werden kann, das weiß – nicht Gott, der sich um dergleichen schwerlich bekümmert – aber ich weiß es, der ich diesem Irrsal seit mehr als zwanzig Jahren zusehe. Auch Hensel steckt in dem seichten Dilettantismus der Zeit, der in Vaterländerei einen falschen Grund, in Frömmelei ein schwächliches Element sucht, eine Atmosphäre, worin sich vornehme Weiber, halbkennende Gönner und unvermögende Phrasensprecher so gern begegnen.

Verzeihe und laß mich schweigen, es ist schon zu viel gesagt. Man verdirbt sich immer eine Stunde, wenn man solche fruchtlosen Schmerzen erneuert.

Auch ist es trostlos, von politischen Dingen, wohin man auch horcht, zu vernehmen. Mich von allem solchen zu befreien, hatte ich mich auf die sechs Wochen hier in Böhmen einem sehr hübschen Kinde in Dienst gegeben!

Nun aber das eigentlich Wunderbarste! Die ungeheure Gewalt der Musik auf mich in diesen Tagen! Die Stimme der Milder! Das Klangreiche der Szymanowska (kein Beethoven, als sie uns vorspielte), ja sogar die öffentlichen musikalischen Exhibitionen des hiesigen Jägercorps falten mich auseinander, wie man eine geballte Faust flach werden läßt. Zu einiger Erklärung sage ich mir: du hast seit zwei Jahren und länger gar keine Musik gehört, und so hat sich dieses Organ, sofern es in dir ist, zugeschlossen; nun fällt die himmlische Musik auf einmal über dich her, übt ihre ganze Gewalt über dich aus und weckt die Gesamtheit eingeschlummerter Erinnerungen. Ich bin ernsthaft überzeugt, daß ich in den ersten Takten Deiner Singakademie den Saal verlassen müßte. Und wenn ich jetzt bedenke, was es heißt, alle Woche nur einmal eine Oper zu hören, so begreift man erst, was es bedeutet, einen solchen Genuß zu entbehren, der den Menschen aus der Welt und über sie hinaus hebt.

Sie spielt jetzt Beethoven, und das geht zur Stunde noch über meine Kraft. Wie schön wäre es, unter Deiner allmählichen Leitung von einer krankhaften Reizbarkeit geheilt zu werden.

Nun muß ich sehen, durch einen klang- und freudlosen Winter durchzukommen, vor dem mir denn doch graut.

Tausendfältiges Lebewohl!
Goethe.«

Er war gerade fertig geworden, als er hörte, daß die Gesellschaft vom Konzert zurückkehrte. Er vernahm auch die Stimme Klebelsbergs, der sich schon im Treppenhaus verabschiedete.

Gleich darauf – man konnte kaum die Hüte und Schals abgelegt haben – sprangen Ulrike und Bertha die Treppe herauf und baten Goethe, noch ein Stündchen »in der Familie« zu verbringen. Beide Schwestern waren sehr animiert und in halb festlicher, halb übermütiger Stimmung. Goethe nahm sie beide bei der Hand und begab sich nach unten.

Man war noch voller Eindrücke des Erlebten. Frau von Levetzow beklagte, wie sehr man Goethe vermißt hatte, und erging sich in der Aufzählung der langen Reihe illustrer Namen. »Hm«, lächelte er, »einen haben Sie vergessen.«

»Tatsächlich?«

»Tatsächlich. Maria Szymanowska.«

Frau von Levetzow war etwas beschämt.

»So vergißt man«, fuhr Goethe fort, »über der Beschreibung des goldenen Rahmens das Bild.«

»Sie haben sehr recht. Und das Bild war von der Kostbarkeit eines Raffael. Aber wir wollen nicht über die Musik sprechen. Wie ist es Ihnen heute ergangen?«

»Ein Tag, der kein Ende zu nehmen schien. Zum Schluß habe ich einen Brief an Zelter geschrieben.«

»Morgen, liebster Freund, werden Sie von uns umso mehr beansprucht werden, und Sie dürfen keine Ausflüchte machen!«

»Etwas Angenehmes?«

»Wie könnten wir Ihnen etwas Unangenehmes zumuten! Graf Zenigeo gibt morgen am Spätnachmittag einen Tanztee im Sächsischen Saal.«

»Nanu?«

»Ich gestehe, daß Amélies Neckereien schuld daran sind; Sie werden doch mitkommen?«

»Das Wörtchen ›mit‹ versöhnt mich. Aber ich stelle eine Bedingung: Wir machen übermorgen einen Tagesausflug nach Elbogen.«

Frau von Levetzow war aufs höchste überrascht.

»Am Donnerstag? Am achtundzwanzigsten?«

»Ja, warum nicht? Ein Tag wie jeder andere.«

»Tatsächlich?«

»Jawohl«, antwortete er kurz und bündig.

»Wie jeder andere«, wiederholte sie nachdenklich, »ach so! Sie lieben die Landschaft um Elbogen sehr?«

»Sie ist von solcher Schönheit, daß, wer sie erblickt, sich mit sich selbst und mit der Welt in Übereinstimmung fühlt. Wir werden einen angenehmen Tag verbringen. Stadelmann wird alles arrangieren. Ich schicke ihn morgen voraus.«

»Gut, also das eine gegen das andere: Morgen Zenigeo, übermorgen Elbogen.«

So langsam der vorige Tag vergangen war, so schnell verflogen die Stunden am nächsten. Morgens Frühstück mit den Levetzows, dann Einkäufe, ein Spaziergang, Besichtigung der eingestürzten Brücke, dann Graf Zenigeos Tanztee, der sich bis zum Nachtmahl hinzog, und schließlich ein Ausklingen des Tages im Kreise der »Familie«.

Stadelmann befand sich schon in Elbogen; John war noch wach. Goethe ließ sich schwer in den Sessel fallen, während John begann, ihn von den Schuhen zu befreien.

»Sie gehen schwer herunter, wie?« sagte Goethe. »Nach einem Tag von fünf Uhr morgens bis elf Uhr nachts wächst einem das Schuhwerk an wie Hufe.«

John lachte. »Wenn ich mir die Bemerkung erlauben darf: Herr Geheimrat muten sich zu viel zu. Heute um fünf aufgestanden, um elf zu Bett, morgen um fünf aufstehen und wer weiß wann zur Ruhe.«

»Lieber John, man dehnt den Tag so lang aus wie möglich, damit er nicht entschwindet.«

»Ach, Herr Geheimrat! Es kommt ja ein neuer!«

»Hm. Und nun wollen wir mal versuchen, den heutigen Tag zusammenzubekommen. Das Tagebuch!«

»Zur Hand, Herr Geheimrat.«

»Also:

Karlsbad, am 27. August.

Um fünf Uhr aufgestanden. Oder war es schon sechs? Weiter: Klarer Himmel, heiterer Tag. Die Sonne ging gar herrlich auf. Das muß man notieren, John, man sieht die Sonne nicht tausend Jahre lang. Dann:

Nach dem Frühstück Gang durch die Stadt. Karlsbad hat an Gebäuden sehr gewonnen. Die Häuser sind nicht nur reinlich abgeputzt, es sind auch wirklich palastartige entstanden, besonders zu öffentlichen Vergnügen, sowohl in der Stadt als in der Nähe, so daß das Bad getrost voll sein kann und doch die verschiedensten Gesellschaften ihr Unterkommen finden werden.«

»Soll ich das alles notieren?«

»Warum nicht? Mich hat es interessiert, und wen es nicht interessiert, der mag es bleiben lassen. Weiter: Nach Aich spaziert. Der Weg am rechten Ufer der Eger hinauf ist bei trockenem Wetter ganz leidlich; über den Hammer zurück sehr gut und angenehm.

Von der großen Wasserflut sieht man keine Spur mehr; nur der Brückenbogen beim ersten Eingang liegt noch in Ruinen. Daß dieser zusammenbrach, ist gar kein Wunder; er war so schlecht konstruiert, daß er auch von irgendeiner darüber gehenden Last hätte zusammenstürzen können.

Nachmittags bewölkte sich der Himmel bei sehr heißer Atmosphäre. Verzog sich später alles wieder. Graf Zenigeo, der Dicke, Seltsame und gewissermaßen Geheimnisvolle, gab auf Amélies Neckereien hin einen Tanztee im Sächsischen Saal, wo man vorher sitzend Tee trank und viele Süßigkeiten genoß. Die guten Tänzer und Tänzerinnen, deren nicht viel waren, kamen nicht vom Platze...«

»Will sagen?«

»Will sagen – wieso, ist das mißverständlich? Will sagen, daß sie nicht vom Parkett kamen. Weiter: Mir entstand bei dieser Gelegenheit das Angenehme, daß ich die bedeutenden, hier sich noch aufhaltenden Personen kennenlernte. Fürst Hohenzollern-Hechingen redete mich an; ingleichen Prinzessin Julia. Mehrere Polen und Polinnen ließen sich mir vorstellen. Ingleichen Begegnung mit Madame de Gajewska.

In der Schlußpolonaise forderte mich, ohne daß ich mich dessen mit Anstand entziehen konnte, eine polnische Dame zum Tanze auf, den ich mit ihr herumschlich, und mir nach und nach beim Damenwechsel die meisten hübschen Kinder in die Hand kamen.

Gegen neun Uhr Schluß. Beim Nachtmahl mit Frau von Levetzow und dann noch lange zusammen.

Das ist alles. Gute Nacht.«

Er blieb allein. Obwohl er müde war, schien er doch nicht vom Tage Abschied nehmen zu wollen.

Er setzte sich vor sein Tagebuch-Heftchen und grübelte vor sich hin.

Schließlich schrieb er:

»Man kann nichts halten. Ich will schlafen gehen. Die Uhr tickt, und wenn ich sie still stelle, tickt mein Herz weiter. Man kann nichts halten. Ich habe heute nachmittag auch nur einmal mit ihr getanzt, wahrscheinlich zur Verwunderung aller. Wie ich immer ruhig scheine, werde ich auch heute so geschienen haben. Aber ich war es nicht. Ich werde noch sehr leiden müssen.

Erst abends, wenn ich bei ihnen sitze, überkommt mich Ruhe. Auch heute, nach diesem sehr lebhaften Tage, kam augenblicklich Friede über mich, der mich mit mir selbst ins Gleiche zu setzen, sanft und doch kräftig genug war. Im Kreise dieser Lieben, wenn die anderen Menschen ausgeschlossen sind, bin ich in ihrem Besitz. Ja, ich fühle es deutlich, daß ich eins mit ihnen bin und sie mit mir, und daß die Frage, ob das geliebte Mädchen mir angehört, nicht existiert. Dort gehören sie mir alle vier, und ich weiß nicht, sind wir in Karlsbad, sind wir in Weimar in meinem Hause, habe ich sie alle mitgenommen zu mir?

Das sind ganz selige Stunden. Oh, daß sie doch währen könnten ohne andere Wünsche.«

Man wollte um sieben Uhr mit der großen Kalesche der Levetzows aufbrechen, aber die Abfahrt verzögerte sich lange.

Zunächst zog sich das Frühstück hin. Als Goethe herunter kam, fand er den Tisch festlicher gedeckt als sonst und an seinem Platze eine zierliche, efeubemalte Tasse.

Er war etwas verlegen.

Da aber niemand auf den Anlaß anspielte, faßte er sich gleich, nahm die Tasse zur Hand und fragte: »Warum dieses schöne Porzellan?«

»Damit Sie«, lächelte Frau von Levetzow, »immer an unsere Freundschaft erinnert werden. Efeu ist ja das Sinnbild der Freundschaft.«

Goethe ergriff ihre Hand und streichelte sie.

Man nahm sich Muße, und auch Goethe, der Pünktliche, schien keine Eile zu haben.

Der Kutscher meldete, der Wagen sei nicht in Ordnung, er müsse einen Riemen ersetzen, es dauere noch ein halbes Stündchen.

So weit, so gut. Dann, als Goethe sich nochmals in seine Etage zurückgezogen hatte, bekam er Besuch, einen Besuch, den er nicht abweisen konnte. Es war der junge Erbgroßherzog.

»Ach, du liebes Fröschchen!« rief Amélie. »Wie unüberlegt vom Geheimrat, den Ausflug für frühmorgens zu planen. Stelle dir vor, der Erbprinz hätte ihn nicht erreicht, obwohl er so zeitig kam! Ist es auch wirklich der Erbgroßherzog, bist du sicher, Maman?«

»Ganz sicher. Ich kenne ihn vom vergangenen Jahr. Er kommt gewiß im Auftrag seines Vaters, um Goethe zum Geburtstag zu gratulieren. Du hast recht, ich weiß auch nicht, was sich unser lieber Geheimrat vorgestellt hat, seinen Geburtstag zu verheimlichen und wegfahren zu wollen. Es sieht doch so aus, als wolle er partout ein Geheimnis daraus machen, obwohl das Datum in allen Almanachen, auch im ersten Band von ›Dichtung und Wahrheit‹ steht und die ganze Karlsbader Gesellschaft es weiß! Doch wir müssen es respektieren, Kind, das erfordert die Achtung.«

»Hoffentlich können wir überhaupt fahren!«

»Natürlich. Der Erbprinz ist Goethe wenig geistesverwandt und wird die Gratulation nicht über einen Anstandsbesuch hinaus ausdehnen.«

»Nun müssen wir den Glasbecher mitschleppen.«

»Mitschleppen! Amélie, ich bitte dich! Was für ein Ausdruck!«

»Es ist doch so. Wo hast du ihn versteckt, Maman?«

»In meinem Pompadour.«

»Glaubst du«, fragte Ulrike, »daß er sich freuen wird?«

»Gewiß wird er das. Schon als Kristall ist es ein sehr schönes Stück.«

»Und daß die Namen von uns dreien eingraviert sind?«

Frau von Levetzow lächelte mit etwas Ironie und antwortete nicht.

»Maman«, rief Bertha, »oben schlagen Türen. Mir scheint, es geht los.«

Es ging in der Tat wenige Minuten später los. Goethe erwähnte den Besuch des Erbprinzen mit keinem Wort.

Man erreichte Elbogen nach guten zwei Stunden.

Ein kleiner, verwunschener Ort auf einer Kuppe zwischen waldigen, sanften Hügeln; zu Füßen der romantischen Gassen das Flüßchen und ein See voller Wasserpflanzen und Vögel; und über der Silhouette der altersschwarzen Dächer die Türme der Kirche und der Burg, die das kletterfreudige Örtchen bekrönte.

Im »Weißen Roß« wurde ausgespannt.

Alle fühlten sich trotz der Hitze frisch und beschlossen, gleich einen ausgiebigen Spaziergang zu machen. Goethe, der die Landschaft auf Schritt und Tritt kannte und so manchesmal gezeichnet hatte, schlug vor, die berühmte Porzellanfabrik im Haidinger Tal zu besuchen.

Sie wanderten – anzusehen wie eine Familie mit Großvater, Mutter und Töchtern – den Pfad längs den Krümmungen der Eger durch die neuen Felsengänge.

Goethe sah eine Landschaft selten als rein ästhetischen Genuß an, wie er gestand; er erging sich in geschichtlichen und geologischen Erklärungen, denen die Mädchen wohlerzogen zuhörten.

Er setzte seinen Vortrag getrost auch vor dem Fabrikdirektor fort, mit dem Achtungserfolg, daß er einige seltene Zwillingskristalle geschenkt erhielt, was alle Schleusen seines wohlgesetzten Redestroms öffnete.

Er sprach den ganzen Rückweg darüber.

Im »Weißen Roß« hatte Stadelmann ein splendides Forellen-Essen beordert. Es war auf der geißblattumwachsenen Terrasse gedeckt.

Als das Mahl beendet und die Tafel abgetragen war, brachte Stadelmann auf einen Wink Frau von Levetzows einen duftenden Biskuit-Kuchen und zwei Flaschen alten Rheinweins.

»Wie das?« fragte Goethe überrascht. »Ich weiß doch, was ich beordert habe!«

»Nein, lieber verehrter Freund, dies haben nicht Sie bestellt. Es kommt von mir. Ich muß doch auch etwas zum Diner beitragen.«

»Wie aufmerksam! Und – aber was ist das hier? Gilt das mir? Natürlich gilt es mir, ich sehe ja auf diesem schönen Kristallbecher der lieben Töchterchen Namen eingraviert!«

»Sie mögen immer an unser heutiges Beisammensein erinnert werden!«

»Wie soll ich Ihnen danken!«

Stadelmann reichte Frau von Levetzow das schlanke Messer; sie nahm am Kuchen Augenmaß und teilte ihn dann in zehn Stücke.

Goethe selbst schenkte den Wein ein. Man hob die

Gläser. Die Mädchen waren dazu aufgestanden, was Goethe sichtlich irritierte.

Stadelmann hatte Briefe mitgebracht, die er nun vorlegte.

Goethe deutete darauf und sagte versonnen: »Die lieben Menschen sind sehr freundlich und lieb zu mir.«

Ihn schien Rührung zu überkommen. Er entschuldigte sich und entfernte sich einige Minuten.

Ulrike beugte sich zu ihrer Mutter vor und flüsterte: »Maman! Ich bitte dich! Warum fällt immer noch kein Wort, daß er Geburtstag hat?«

»Du siehst doch, daß er es nicht wünscht. Er hat alles unter dem Aspekt der Freundschaft genommen.«

»Nein, Maman«, zischelte Amélie, »es ist einfach unmöglich! Wir müssen ihm gratulieren. Das ist doch eine Schrulle von ihm, die niemand begreifen kann. Diese Schrulle...«

»Amélie!«

»Ja doch, Maman! Was ist es sonst?«

»Ich weiß es auch nicht, Kind.«

»Nun, wie vereinbart sich das? Mag er ursprünglich gewünscht haben, was er will – längst muß er sich doch sagen: Ich habe es ihnen doch nicht ausdrücklich verboten; warum sind sie so unhöflich, mir nicht zu gratulieren! Wir sind unbegreiflich unhöflich, Maman!«

Ulrike nickte heftig: »Sie hat recht, Maman.«

»Ach Kinder, was versteht ihr von diesem Mann! Gut, ich begreife seinen Wunsch auch nicht. Aber ich respektiere ihn. Genug.«

Tatsächlich wurde den ganzen Tag über nicht daran gerührt. Vor dem Five o'clock tea, wie Frau von Levetzow das nannte, spazierte man noch zum Rathaus hinauf, um den »Teufelsstein« zu besichtigen. Goethe hielt eine kleine Vorlesung über Meteoriten.

Um sechs Uhr trat man die Rückfahrt an. Die Schatten wurden schon länger, der Tag kühlte ab, am Horizont trübte sich der Himmel ein.

Die Lichter von Karlsbad kamen näher; es war dunkel geworden.

Der Wagen bog in die Straße zum Gasthof ein. Die Levetzow-Töchter, die auf dem Rücksitz gesessen hatten, erhoben sich und fuhren stehend weiter. So kam es, daß sie als erste die kleine Menschenansammlung vor dem »Goldenen Strauß« entdeckten.

»Maman«, rief Ulrike, »was ist dort passiert? Sieh! Vor unserem Gasthof!«

Goethe lehnte sich rechts hinaus, Frau von Levetzow links.

In diesem Augenblick intonierte eine Kapelle eine Serenade.

»Was ist das?« fragte Goethe erschrocken.

»Ein Ständchen!« rief Amélie und klatschte vor Vergnügen in die Hände.

»Ein Ständchen?« wiederholte er.

Er konnte sehen, wie die Herren jetzt die Hüte zogen.

»Offenbar ein Ständchen Ihnen zu Ehren«, sagte Frau von Levetzow.

»Um Himmels willen! Waren Sie es etwa...«

»Nein, nein! Ich bin genauso überrascht.«

»Aber woher wissen die Leute?«

»...daß Sie heute Geburtstag haben? Liebster Freund, alle wissen es doch, alle, alle!«

Er nickte.

»Ja«, sagte er dann, »man denkt und glaubt etwas, und man denkt und glaubt es falsch.« Er lächelte etwas verkrampft. »Nun – dann wollen wir diesen Tag den ›Tag des öffentlichen Geheimnisses‹ nennen.«

Der Wagen hielt.

Ehe noch Goethe aussteigen konnte, sprangen die Damen ab. Frau von Levetzow ergriff die Mädchen bei den Händen, zog sie rasch ins Haus und überließ den peinlich berührten Goethe der vergnügten Gratulantenschar.

Sie sahen ihn an diesem Abend nicht mehr. Später, als es draußen still geworden war, konnten sie über ihrem Wohnzimmer auf den knarrenden Bohlen seine ruhelosen Schritte hören. Sie lauschten, während sie noch ein kleines Nachtmahl zu sich nahmen, aber sie sprachen nicht darüber, so sehr hatte sein Verhalten sie zurückgewiesen.

Goethe aß nichts mehr. Er hatte auch John weggeschickt. Er wanderte von einer Ecke des Zimmers zur anderen und schien gar nicht zu wissen, wie lange. Mitunter trat er zum Fenster und blickte in das Dunkel hinaus. Er trat auch einmal vor den Spiegel und sah sein müdes Gesicht.

Schließlich setzte er sich, schloß das Kästchen auf, in dem er sein Tagebuch-Heft aufbewahrte, und begann zu schreiben.

»Karlsbad, am 28. August 1823.

Er ist vorüber.

Es sollte ein Tag wie irgendein anderer werden, aber man hat es nicht geduldet. Ich will keine Geburtstage mehr erleben, ich will nicht zu neuen Jahren aufbrechen, aber man hat es nicht gelitten.

Sie nennen es feiern, wenn ich Schritt vor Schritt auf das Ende zugehe; sie gratulieren mir, wenn ich wieder einen Meter näher an den Abgrund gekommen bin. Man muß alt geworden sein, um das zu spüren und ihnen zu vergeben.

Vor einem Jahr noch hätte ich mich nicht beklagt. Die Tage flossen seit langem in Arbeit, in Betrachten und Schreiben, dahin. Ich empfand das Fließen so natürlich wie das Fließen des Wassers, das sich am Ende im Meer verliert. In einem langen Leben war ich dahin gekommen, das Maß als das einzige Glück zu betrachten, alle Leidenschaften zu kennen, aber nicht zu haben, alle Freuden und Schmerzen anderer Menschen zu sehen, aber nicht zu fühlen.

Was sind die Menschen? Noten einer Partitur des Lebens. Eine einzelne Note, was ist das? Sie hatte für mich nichts, womit ich leiden oder jubeln konnte. Erst wenn ich die große Partitur spielte, bekam sie Leben: durch mich. Und erst dann, mit meinen Geschöpfen, konnte ich weinen und lachen. Ich habe nie mit einem lebendigen Wesen so gefühlt wie mit meinen Geschöpfen.

Ich schreibe doch beherrscht, nicht wahr?

Ja, das kann ich, wenn ich von den vergangenen Zeiten spreche. Ich fühle aber schon die Ankündigung meines Herzklopfens und des Zitterns meiner Hand, wenn ich nun zu dem Erlebnis komme, das mich so sehr verwandelte.

Was sich schon im vergangenen Jahr bei der Wiederbegegnung mit Ulrike ankündigte, traf mich diesmal in Marienbad mit elementarer Gewalt. Ich war nicht vorbereitet, als die Flammen der Liebe zu diesem Mädchen über mir zusammenschlugen wie eine Feuersbrunst über einem Haus.

Schreibe ich nicht beherrscht über den Beginn meines schrecklichen Fiebers? Ja, ich bin ruhig. Ganz ruhig.

Der Dreiundsiebzigjährige liebte die Neunzehnjährige. Der welke Greis die junge Blüte. Voller Hoffnung.

Genug. Ich kann nicht mehr.«

Er legte die Feder weg, stand auf, trat zum Fenster und riß es auf. Sein Atem ging schwer, und seine Hände zitterten.

Er wartete darauf, sich zu beruhigen. Aber seine Erregung legte sich nicht.

»Das muß erledigt werden«, sagte er laut und kehrte zum Tisch zurück.

Es dauerte eine Weile, ehe er weiterschreiben konnte.

»Ein Engel war in mein Leben getreten. Ich wachte des Morgens mit dem Gedanken an ihn auf und ging des Abends mit dem Gedanken an ihn schlafen. Ich war so erfüllt von meiner Liebe, daß ich mich nicht wiedererkannte. Mir schien, ich begönne ein neues Leben. Wie Pygmalion mit Hilfe Aphrodites es gelang, die leblose Statue zum Leben zu erwecken, so erweckte Ulrike mich, den Versteinerten. Als das Blut zum erstenmal ins Herz strömte, war ich vor Glück fast von Sinnen. Ich fühlte kein Alter mehr und plante in Äonen. Ich wußte, ich war unsterblich, wenn Ulrike mich liebte.

Ich drängte mich in ihr Leben, jede Stunde, jede Minute. Wenn ich sah, daß sie mir ins Kinderreich mit Spielen und Springen enteilen wollte, folgte ich ihr wie ein Jüngling und spielte und sprang schneller und leichter als sie. Sie konnte mir in nichts enteilen, ich war jung wie sie.

Meine Liebe, meine einzige Liebe! Aus der Asche rufe ich dich noch einmal! Laß mich doch auferstehen! Auch Phönix kann es, auch ich kann es, hilf mir, mein geliebtes Wesen.«

Er schob das Heft beiseite und legte den Kopf in die Hände.

Er weinte.

Dann griff er wieder zur Feder und schrieb in seiner Verzweiflung:

»Ich bin gehüpft und gesprungen, daß mir die Adern unter der Narrenkappe zu platzen drohten. Ich habe gezupft und gesungen wie ein Narr und nicht gesehen, wie sich die Welt die Faust vor den Mund hielt, um nicht zu brüllen vor Lachen. Ich war blind geworden, ich hatte nicht Anstand, nicht Würde, ich ...«

Er konnte nicht weiterschreiben, die geröteten Augen waren voll Tränen und ließen ihn nicht mehr sehen.

»Verzeih mir«, rief er laut, »verzeih mir!«

Er tupfte die Tränen ab.

»Was für eine erschütternde Lehre am Ende meines Lebens.«

Endlich schrieb er weiter:

»Verloren, verloren für immer.

Ich weiß es, aber ich kann es noch nicht fassen. Soll ich nun wieder zurückschlüpfen in meine Rüstung? Aufwachen wieder als Greis?

O meine Einzige, laß mich bei dir sein, nur bei dir, nur noch ein Jahr, einen Herbst lang! Nimm mich an der Hand, bewahre mich vor dem Erwachen!«

Er machte wieder eine Pause.

Er ging lange im Zimmer auf und ab. Seine Tränen versiegten, er schien plötzlich die Erregung überwunden zu haben und wurde von neuen Empfindungen beherrscht. Ja, seine Miene verhärtete sich sogar. Seine Schritte wurden größer und stampfender. So sehr veränderte er sich von einem Augenblick zum anderen.

Er schloß ruhig das Fenster, setzte sich wieder und schrieb weiter:

»Nein, ich muß fort. Ich muß gehen und werde nie mehr zurückkehren.

Ich kann dich nicht mitnehmen. Wer bist du auch? Der Gegenstand meiner Liebe.

Hörst du, was ich sage? Du wirst, wenn ich vergangen bin, nur noch der Gegenstand meiner Liebe sein, nicht die Liebe selbst.

Langsam klärt es sich in mir und leuchtet als Wahrheit: Magst du auch fort sein aus meinem Leben –

nicht du, nicht der Gegenstand, sondern meine Liebe war das schrecklich schöne Erlebnis. Wenn ich dich besingen werde, besinge ich mich und die Mächtigkeit meiner Liebe.«

Er klappte das Heft zu und ging ins Schlafzimmer hinüber.

Aber er konnte nicht schlafen.

Ohne daß er es verhindern konnte, kamen ihm immer wieder die Tränen, und wie oft sich seiner Brust gequälte Seufzer entrangen, wurde ihm gar nicht bewußt.

Es war mitten in der Nacht, als er noch einmal aufstand.

Er ging ins Wohnzimmer hinüber und nahm das Heft wieder vor. Er blickte auf die letzte Seite und nickte. »Ja«, sagte er, »ich bin's.«

Dann nahm er das Heft, zerriß es in kleine Stücke und legte sie in den Kamin. Er nahm das Feuerzeug vom Sims, schlug es an und hielt die Flamme an die Papiere.

Es dauerte eine Weile, bis sie verbrannt und verkohlt waren.

Als das geschehen war, zerstörte er noch die Asche.

Die kurze Zeit über, die noch blieb, war Goethe von ausgesuchter Höflichkeit; er war auch herzlich. Jedenfalls meinten die lieben Levetzows das. Gegen alle anderen war er vielleicht etwas steifer als in Marienbad.

Am 5. September verließ er Karlsbad für immer.

Schon am Vortage wurde alles gepackt. Rat Grüner hatte, zur Verstärkung, seinen Wagen geschickt, der sich als sehr nötig erwies, um die Kisten und Kasten mit den Steinen fortzuschaffen.

John und Stadelmann besorgten die unumgänglichen letzten Visiten.

Dann folgte der etwas tumultuarische allgemeine Abschied. Zuallerletzt lief Ulrike noch einmal die Treppen hinauf.

Sie umarmte Goethe und küßte ihn. Er ließ es freundlich lächelnd geschehen und streichelte ihr Haar.

Adieu war also gesagt. Ohne sich noch einmal umzudrehen, verließ er das Haus und ging die wenigen Schritte zu seinem Wagen. Es wehte ein scharfer Westwind. Goethe hatte den Plaid umgeschlagen und fröstelte. Aber es war ein schöner Spätsommertag. Die Sonne verwandelte sein wehendes Haar zu einem flimmernden, goldenen Kranz.